ANDY NEUMANN

VIER

ANDY NEUMANN

THRILLER

VIER

GMEINER

Bei Fragen zur Produktsicherheit gemäß der Verordnung über die allgemeine Produktsicherheit (GPSR) wenden Sie sich bitte an den Verlag.

MIX
Papier | Fördert gute Waldnutzung
FSC® C014496

Besuchen Sie uns im Internet:
www.gmeiner-verlag.de

Im Ehnried 5, 88605 Meßkirch
Telefon 07575/2095-0
info@gmeiner-verlag.de

1. Auflage 2025

Lektorat: Claudia Senghaas, Kirchardt
Satz: Mirjam Hecht
Umschlaggestaltung: U.O.R.G. Lutz Eberle, Stuttgart
unter Verwendung eines Fotos von: © Lutz Eberle
Druck: GGP Media GmbH, Pößneck
Printed in Germany
ISBN 978-3-8392-0914-1

Personen und Handlung sind frei erfunden. Ähnlichkeiten mit lebenden oder toten Personen sind rein zufällig und nicht beabsichtigt.

PROLOG

Ich könnte über das Leben mehr erzählen.

Würde aber niemanden interessieren.

Was ihr wirklich wissen wollt, ist doch, warum ich diese Menschen umgebracht habe.

Ich hatte meine Gründe.

Gute Gründe.

Vier gute Gründe.

Aber der Reihe nach …

DIENSTAGABEND, 01.09.2020

»Ihr habt den Falschen!«

Patrick Zanner saß in einem tristen Vernehmungszimmer des PP Düsseldorf, das selbst Menschen enttäuscht hätte, die keine Krimis mögen. Hier gab es nichts, wirklich gar nichts, was eine Vernehmung fernsehtauglich gemacht hätte. Geschweige denn, kinoreif! Es war ein olles Büro mit 80er-Jahre-Beamtenmobiliar, ein Ikea-Sofa zierte die Wand, Computer, Bildschirm und Drucker. Das war's. Nicht mal eine Lampe, mit der sie ihn hätten anstrahlen können. Die Realität war bitter. Ebenso wie der Kaffee, an dem er nippte, während er versuchte herauszufinden, welcher der Bullen welche Rolle spielen würde. Der großmäulige, allerdings auch hünenhafte Junge würde sicher den bösen Bullen geben. Geben wollen. Patrick schmunzelte.

Der etwas ältere und weiß Gott auch entspanntere Kollege sah bisher nicht so aus, als wolle er überhaupt irgendetwas tun. Gesagt hatte er auch noch nichts. Aber er machte ein wichtiges Gesicht, das war auch schon was. Er mochte an die 40 sein, vielleicht jünger. Das war schwer einzuschätzen. Nicht unbedingt der Typ, bei dem sich alle umdrehten, wenn er einen Raum betrat. Aber mit etwas Glück der, für den sich alle interessierten, falls sie sich doch umgedreht hatten. Hier hieß es abwarten.

Die dritte im Bunde war spannend. Sie hatte diese Ausstrahlung, vor der man sich in Acht nehmen musste. Der Typ Frau, auf den man sich nie einlassen durfte, wenn man nicht wollte, dass sie einen komplett in der Hand hatte. Smart, hübsch, ganz sicher verflucht scharfsinnig. Und in der Kombination jemand, der zeitlebens unterschätzt worden war. Ja, dachte er sich. Bei der muss ich mich vorsehen.

»Ich glaube nicht, dass Sie der Falsche sind, Herr Zanner. Ich glaube viel eher, dass Sie ganz gut beraten wären, die Karten auf den Tisch zu legen. Viel bessere Chancen werden Sie nicht mehr bekommen«. Das war der Ältere. Paulus, wenn er es richtig verstanden hatte. Er konnte also doch sprechen. Eloquent, ruhig, besonnen. Fast wie ein Therapeut.

»Über meine Chancen machen Sie sich mal keine Gedanken. Mein Anwalt wird bald hier sein, kurz darauf spaziere ich entspannt hier raus, und die einzige Karte, die auf dem Tisch liegen bleibt, ist die meines Anwalts.«

»Ach kommen Sie, wen wollen Sie verarschen, Zanner? Sie säßen doch gar nicht hier, wenn's so einfach wäre.« Der Junge. Klar. Hatte auch zu gut gepasst. Er grinste unfreiwillig.

»Es erscheint: der böse Bulle!«, höhnte er. »Nehmen Sie es mir nicht übel, aber wenn Sie auch nur im Ansatz zu mir recherchiert haben, dürfte Ihnen klar sein, dass Sie mir mit einem stumpfen Klischee keine wahnsinnig große Angst machen.« Das saß. Kurz wirkte es, als würde der Junge die Beherrschung verlieren. Da hatten sie sich aber eine tickende Zeitbombe ins Boot geholt. Jemand mit so wenig Selbstbeherrschung musste noch eine Menge lernen. Aber er fing sich. Immerhin.

»Ich möchte Ihnen keine Angst machen, wir müssen uns von Ihnen aber auch keinen Blödsinn anhören«, sagte er, sichtlich um einen ruhigeren Tonfall bemüht. Dass er dadurch beinahe weinerlich klang, hatte eine rührende Situationskomik.

Patrick entschied, das Spiel noch ein wenig weiterzutreiben. Bislang hatte ihn nicht einmal jemand belehrt, geschweige denn etwas zum Schreiben ausgepackt. Sie wollten ihn also antesten. Schauen, was sie in Erfahrung bringen konnten, bevor seine Rechte ihnen einen Strich durch die Rechnung machen würden. Mutig. Für ihn aber dadurch ungefährlich.

»Sie haben nichts, und das wissen Sie. Wer immer diese Morde begangen hat, ich war es nicht. Ich wüsste also zu gern, was Sie überhaupt von mir wollen.« Direkte Fragen hatten keinen Sinn, das wusste er. Da würden selbst bei unerfahrenen Bullen die Alarmglocken läuten. Die Fragen immer schön die stellen lassen, die dafür bezahlt werden; mit etwas Glück findet man dann schon jemanden, der gern ins Quatschen kommt.

»Netter Versuch, Herr Zanner. Aber nein.« Das war wieder Paulus. Der Mann verstand seinen Job. Gut. Es würde so viel mehr Spaß machen. Paulus sprach weiter.

»Sie können sich vorstellen, dass kein Ermittlungsrichter einen Durchsuchungsbeschluss ausstellt, wenn die Polizei überhaupt nichts in der Hand hat. Und selbst ohne diese Tatsache hätten Sie ein Problem, denke ich.«

Jetzt war er neugierig. Was hatten sie gefunden? Mehr

als das Buch konnte es nicht gewesen sein. Oder hatte er etwas übersehen? Er versuchte, sich nichts anmerken zu lassen; sein Gesicht blieb vollkommen ausdruckslos, als er Paulus direkt ins Gesicht sah und sagte:

»Ist das so?«

»Ich denke schon, ja«, sagte Paulus. »Sie kennen das hier sicher?« Er warf das Buch auf den Tisch. Patrick hatte Mühe, sein Lächeln diesmal zu unterdrücken. Es war alles so verdammt vorhersehbar.

»Ja, ich und 50 Millionen andere Menschen in diesem Land, schätze ich«, sagte er. »Das Ding steht gefühlt seit Jahren auf der Bestsellerliste«.

»Das ist richtig. Aber nur wenige, die es gelesen haben, dürften so darin herumgeschmiert haben wie Sie.«

»Jetzt verstehe ich!« Patrick setzte eine überraschte Unschuldsmiene auf. »Sie haben mich wegen Sachbeschädigung mitgenommen. Man darf keine Bücher beschmieren, das hat mir meine Lehrerin schon immer gesagt. Es ist soooo falsch!«, flötete er. Doch dieser Paulus ließ sich nicht aus der Ruhe bringen. Der Junge neben ihm schien fast zu platzen, hatte aber offenbar genug Verstand – oder Respekt vor seinem älteren Kollegen –, um die Situation nicht noch mal ins Kippen zu bringen. Die Frau allerdings saß immer noch regungslos da und starrte ihn einfach nur an, als wollte sie seine Gedanken lesen. Nope! Die mochte er wirklich nicht.

»Okay, schon gut, kam nicht an wie geplant. Aber Sie werden mir doch beipflichten, dass Kritzeleien in einem Buch nicht so wahnsinnig verwerflich sind?«

»Diese hier schon«, sagte Paulus. »Sie haben in Niessens Buch praktisch jede einzelne Stelle markiert, die etwas mit den jetzigen Opfern zu tun hat. Sie haben genau dort Notizen gemacht, wo es auch nur entfernt um Lebensumstände oder Aufenthaltsorte geht. Das – in Verbindung mit Ihrem Motiv – ergibt doch ein klares Bild, finden Sie nicht?«

»Motiv? Welches Motiv? Aus welchem Grund sollte ich vier völlig unterschiedliche Menschen umgebracht haben? Menschen, denen ich nie begegnet bin. Die mir nichts getan haben. Deren einzige Gemeinsamkeit ist, dass sie alle vier im Buch eines Ex-Reporters auftauchen, der aus der Story seines Lebens einen Bestseller gemacht hat. Von den beiden Polizisten mal ganz abgesehen, die nicht einmal damit etwas zu tun hatten.«

»Hören Sie auf mit den Spielereien, Herr Zanner. Sie kennen den Grund. Und wir kennen ihn auch.« Das war die Frau. Sie hatte eine tiefe, angenehme Stimme, sprach ruhig, souverän, langsam. Mit der unumstößlichen Gelassenheit eines Menschen, der mindestens 100 Jahre älter hätte sein müssen als sie. Verdammt, er hasste sie. Flucht nach vorne.

»Und der wäre?«

»Ihre Familie, Herr Zanner. Welchen besseren Grund könnte es geben, die Menschen, die Sie für verantwortlich halten, zu töten? Sie hatten nicht einen Grund, Herr Zanner. Sie hatten vier Gründe. Gründe, die sehr vielen Menschen ausreichen würden. Gründe, die selbst ein Teil von mir verstehen kann. Ihre Frau.« Sie machte eine Pause.

»Ihre Kinder.« Wieder eine Pause.

»Ihre Namen waren: Rebecca, Tanja, Ben und Lana Zanner.«

Patrick stockte der Atem. Sein Gesicht zuckte. Kurz. Natürlich hatte er gewusst, dass sie nicht aus heiterem

Himmel bei ihm aufgetaucht waren. Paulus hatte recht, einen Beschluss kriegte man nicht hinterhergeschmissen. Aber die traurige Wahrheit so deutlich aus dem Mund dieser Frau zu hören, entwaffnete ihn. Er riss sich mit aller Kraft zusammen. Konzentrierte sich. Jetzt hübsch locker bleiben, dachte er bei sich. Sie können dir gar nichts – wenn du ihnen nichts gibst.

»Hören Sie, Frau …?«, begann er.

»Foster. Kriminalhauptkommissarin, BKA.«

»BKA? Wow! Ich wusste nicht, dass ihr inzwischen auch Mordfälle klärt.« Er lächelte breit.

Sie blieb staubtrocken und sagte kein Wort. Verflucht cooles Biest, dachte er. Er konnte es nicht ändern, sie rang ihm ernsthaften Respekt ab. Also zurück auf Anfang.

»Aber sei es, wie es sei, Frau Foster. Ich habe es schon einmal gesagt. Und ich sage es auch Ihnen gern noch einmal, zum Mitschreiben: Sie! Haben! Den! Falschen!«

Und obwohl er wusste, dass es so war: In diesem Moment war er gar nicht mehr so sicher, dass es reichen würde.

BAND I

KOPFLOS

KAPITEL 1

Samstag, 26.05.2001

Tom von Haehling hatte sie im Urlaub kennengelernt, in einer Weinbar, auf die Isabelle und er einige Tage zuvor eher zufällig in der Stadt gestoßen waren. Der Besitzer schien ihm ein netter Kerl zu sein, der genug von Wein verstand und den nötigen Geschmack hatte, um seinem Anspruch, die beste Weinbar in der Steiermark – oder besser noch ganz Österreichs – zu werden, vielleicht schneller gerecht zu werden, als ihm lieb war. An diesem Abend war er allein in die Bar gegangen. Isabelle wollte nach den anstrengenden Wandertouren, die sie unternommen (und die ihn schrecklich gelangweilt) hatten, früh ins Bett gehen. Er hingegen beschloss, auch diesen Tag möglichst angenehm ausklingen zu lassen. Also hatte er es sich hier gemütlich gemacht und mit Ben, dem Inhaber des Ladens, gefachsimpelt, wann immer der eine ruhige Minute hatte.

Und dann, irgendwann zwischen dem zweiten und dritten Glas Wein, stand sie neben ihm an der Theke, um sich ein weiteres Glas zu bestellen. Offenbar hatte sie etwas zu feiern, denn sie hielt einen kleinen Strauß Blumen in der Hand. Also hatte er sie gefragt, was es denn zu feiern gäbe. Es stellte sich heraus, dass sie in ähnlichen Berufsfeldern unterwegs waren: Sie war Beamtin, allerdings in der Chefetage. Es sollte nicht die einzige Gemeinsamkeit bleiben, die sie an diesem Abend entdeckten.

Charlotte, so hieß sie, war eine dieser Frauen, die man nicht anmachen, sondern, wenn man das nötige Glück hatte, lediglich entdecken durfte. Er hatte dieses Glück. Und es dauerte keine Stunde, bis er kurz davor war, sich rettungslos in sie zu verlieben. In dem sicheren Wissen, dass er genau das nicht konnte. Denn während er hier saß, lag Isabelle wahrscheinlich wach im Bett und grübelte, ob die Tischdekoration zur Hochzeit nächstes Jahr lindgrün oder doch lieber rot sein sollte. Andererseits: Was konnte ein harmloser Flirt schon schaden?

Charlotte jedenfalls war eine zweifache alleinerziehende Mutter, gebildet, mitten im Leben, mit einer Energie, die bisweilen übersprudelte, einen – oder zumindest ihn – aber nie völlig überrollte. Doch vor allem trug sie diese Art von Schönheit an sich, die einen in den Wahnsinn treibt. Weil sie mit jeder Sekunde, die man sie ansah, mit jedem Wort aus ihrem Mund, mit jedem Zentimeter Nähe, den man gewann, wuchs und wuchs, bis man sich unweigerlich fragte, ob man je zuvor wahre Schönheit gekannt hatte.

Ihre Haare waren dunkelbraun, und sie trug sie so kurz, wie es nur Frauen konnten, die Charlottes Ausstrahlung und ihre Gesichtszüge hatten. Bei diesen Frauen würde man niemals auf die Idee kommen, die Haare länger sehen zu wollen. Ihre Lippen waren voll, sanft, verheißungsvoll, ihre Haut so strahlend, dass man an nichts anderes denken konnte, als sie berühren zu wollen. Und ihre tiefgrünen Augen verbargen unter dem vordergründigen fröhlichen Leuchten eine innere Tiefe, die einen erschaudern ließ bei der Vorstellung, was man alles erfahren könnte, wenn man dieser Tiefe je auf den Grund kam. Als er zum ersten Mal die Kraft aufbrachte, verstohlen an ihr herabzublicken, zeichnete sich unter dem engen schwarzen Kleid ein Körper ab, der jeder 20-Jährigen zur Ehre gereicht wäre, eine zweifache Mutter allerdings zu einer Göttin machte.

Was ihm jedoch endgültig den Rest gab, war ihr Duft; unaufdringlich, aber unmöglich zu ignorieren, wenn man ihn einmal erfasst hatte. Eine Mischung aus frischer, blumiger Süße, Gewürzen und Holz, verheißungsvoll und in einer solchen Perfektion auf den Duft ihres Körpers abgestimmt, dass nur jahrelange Suche nach genau dieser Perfektion der Grund sein konnte. Zu allem Überfluss verband er sich, kam man Charlotte nah genug, mit einem, durch das enge Kleid und die warme Bar hervorgerufenen, sanften Schweißgeruch, der seinerseits so angenehm war, dass Grenouille für ihn getötet hätte. Tom konnte gar nicht anders, als jegliche Distanz zu überwinden, um nur noch sie einzuatmen. Und Charlotte, das wurde schnell deutlich, legte es genau darauf an.

Und so fand er sich, vollkommen und rettungslos ausgeliefert, zwei Straßen von der Bar entfernt wieder, berauscht von einer Frau, die er gar nicht kennenlernen sollte, deren schiere Präsenz ihm aber keine Wahl ließ. Also nahm das Schicksal seinen Lauf. Die lediglich zwei Stunden, die dieser spontanen Begegnung folgen durften, waren viel zu schnell vorbei. Und doch für sehr viele Jahre die folgenschwersten seines ganzen Lebens.

KAPITEL 2

Mittwochnacht, 19. August 2020

»Ich gehe jetzt in den Himmel, und du kommst dann einfach nach. Okay?« Rolf Günther Niessen erwachte wie jedes Mal zitternd, schweißgebadet und erfüllt von Trauer, Wut und einer Verzweiflung, die so tief war, dass sie ihn stets aufs Neue zerriss. Er kannte diese Situation nur zu gut. Der Traum suchte ihn seit Jahrzehnten heim, und jedes Jahr, wenn das Datum näher rückte, betete er, dass er ihn verschonen würde. Meist war jedoch jede Hoffnung umsonst. Das Tragische daran war, dass es ihm in den wenigen Jahren, in denen der Traum ausblieb, noch schlechter ging. Denn so weh es tat und so sehr es ihn auch aus der Bahn warf, von Sophia zu träumen, waren die Träume doch die einzigen Gelegenheiten, seine Tochter noch einmal sehen zu dürfen. Und das war, wie er sich seit jeher erfolgreich einredete, den tagelangen Schmerz mehr als wert.

»Ich gehe jetzt in den Himmel, und du kommst dann einfach nach. Okay?«

Das waren die letzten Worte gewesen, die seine Tochter an ihn gerichtet hatte, bevor sie die Augen endgültig geschlossen und ihrem Leiden ein Ende gesetzt hatte. Dem Leiden, das sie so viele Monate ihres nicht einmal fünf Jahre währenden Lebens kostete und am Ende ein

Kind hinterlassen hatte, das gar nicht mehr wusste, was es hieß, ein Kind zu sein. Ein Kind, dessen Augen eine solche Tiefe, Weisheit, aber auch Schmerz ausstrahlten, dass es allzu oft unerträglich war hineinzusehen. Ein Kind, das trotz all der körperlichen Qualen noch immer so viel stärker gewesen war als er, stärker selbst als ihre Mutter. Am Ende jedoch nicht stärker als der Krebs. Er hatte sie zerfressen, im wahrsten Sinne des Wortes. Und mit ihr zugleich ihre Eltern, deren letzte Reserven an Kraft, Leidensfähigkeit und Hoffnung schon erschöpft gewesen waren, als Sophia noch aufrecht kämpfte und ihnen täglich mit strahlenden Augen versicherte, dass alles gut werde. Bis zu diesem schönen und doch so zerstörerischen Tag im August.

Die Ärzte hatten Niessen und seine Frau abgefangen, bevor sie in Sophias Zimmer gehen konnten, und ihnen die jüngsten Ergebnisse mitgeteilt. Wie immer gelang es den Ärzten nicht, Klartext zu reden, sie verschanzten sich hinter ihren Konjunktiven und Beschwichtigungen, dabei wollten sie doch nur auf eines hinaus, und das hatte Niessen ihnen schließlich auch gesagt:

»Ich habe das Gefühl, Sie agieren gar nicht mehr. Sie reagieren nur noch. Also reden Sie bitte, bitte nicht weiter drumherum. Quälen Sie mich nicht noch mehr, als die Wahrheit es ohnehin tun wird. Also: Wie lange hat sie noch?« Er dachte damals, die Antwort des Arztes habe ihm den Boden unter den Füßen vollständig weggezogen. Erst Tage später wusste er, dass ihm selbst in diesem Moment immer noch ein hauchdünnes Sprungtuch geblieben war, in dem er mit einem Bein hängen blieb. In bedingter und sehr wackliger Sicherheit, doch unter ihm sichtbar der unendliche Abgrund, der ihn erwarten würde, wenn das Tuch riss. Es hatte gehalten. Noch. Bis zu diesem sanft fragenden, fröhlichen, kindlich-süßen »Okay?« wenige Tage später, das für alle Ewigkeiten in seinem Kopf und seinem Herzen nachhallen und mit bitterstem, erbarmungslosen und jede Schutzwand zerschmetternden Schmerz verbunden sein würde. Gefolgt von ihrem Tod.

Erst dann folgte sein Fall. Quer durch die Hölle. Er sollte monatelang andauern. Ein Fall, für den er weder für andere noch für sich selbst jemals die richtigen Worte fand. Monate später nicht, Jahre später nicht und noch heute nicht. Es war pures, ungehemmtes Leid gewesen, das alles ersticken musste, was Leben war. Ein Funktionieren am Rand der eigenen Existenz, ohne Zeit, ohne Raum, ohne jegliches Gefühl mit Ausnahme dieses einen. Es war die Erkenntnis, dass eine Ewigkeit nicht ausreichen würde, um der Trauer Herr zu werden. Es war Bitterkeit, Zorn, Hass, Zerstörungswut, Elend, Zerbrechlichkeit, es war »lasstmichinRuhelasstmichsterbenichverflucheGottichverflucheeuchalleichzerbrecheichzerreißeich …«, es war …

Es war vorbei gewesen. Eines Tages. Nach Monaten auf diesem bitterdunklen Pfad. Er hatte einen Weg gefunden, sein Leben weiterzuleben. Trotz der Gewissheit, dass er alles verloren hatte, was er wahrhaft und bedingungslos geliebt hatte. Nach Sophie auch ihre Mutter. Sie hatte seinen Weg nicht mitgehen können und wählte den vermeintlich leichteren: allein. Niessen weinte.

Wenn die Erinnerung derart stark in ihm wütete, hatte es keinen Zweck, Kontrolle erzwingen zu wollen. Er überließ sich der Welle, war wieder dort, in diesem Krankenhauszimmer, sah seine Tochter, hörte sie und spürte die Verzweiflung, diese immense, alles erstickende Verzweiflung, die niemand nachfühlen konnte, der nicht sein eigenes Kind verloren hat. Und weinte. Eine knappe Stunde später gab es keine Tränen mehr. Langsam und mühevoll kämpfte Niessen sich zurück aus dem dichten Nebel ins Jetzt, um schließlich – erschöpft, leer, kraftlos – wieder einzuschlafen.

KAPITEL 3

Mittwochnacht, 19. August 2020

»Berauscht«, was für ein bescheuertes Wort. Dennoch ging es Toni Schüttler nicht aus dem Kopf, und so sehr er sich auch dagegen wehrte, er fand keines, das passender war. Er war berauscht. Wie alt hatte er werden müssen, um endlich einer Frau zu begegnen, die ihn derart umhauen konnte? Wahnsinn!
Dabei war er ohne jede Erwartung zu dem Date gegangen. Überhaupt hielt er wenig von solchen wohlmeinenden Verkupplungsversuchen, und wenn Horst ihn nicht derart eindringlich bearbeitet hätte, wäre das auch so geblieben. Sein Leben war schließlich okay. Er brauchte keine Frau. Ihm fehlte nichts. Also – wenig. Und wenn er ab und zu bezahlen musste, um ein bisschen Spaß zu haben, war das nichts, was Männer nicht schon seit Jahrhunderten getan hätten. Nein, eigentlich war sein Leben völlig in Ordnung so. Und er hätte jederzeit auf jedes Date der Welt verzichten können.

Bis heute Abend. Heute hatte er Petra getroffen. Und schon wieder rauschte sein Innenleben einmal rauf und runter, bloß weil er an sie dachte. Er lachte auf. Kindischer Unfug, so was. Schmetterlinge im Bauch? Er war doch keine zwölf mehr! Dummerweise schien das seinen Körper so gar nicht zu interessieren; da waren nämlich mit völliger Sicherheit Schmetterlinge drin. Er stieg aus dem Auto und versuchte, sich abzulenken. Ging im Kopf alles durch, was er sich für morgen vorgenommen hatte. Und das war eine Menge, wie üblich. Er hätte ehrlicherweise deutlich mehr Schlaf gebraucht heute Nacht. Doch es war spät, sogar schrecklich spät. Er würde den Wecker etwas später stellen müssen, da half alles nichts. Doch das war es wert gewesen. Sei doch geschissen auf den Schlaf.

Verdammt, die Lampe im Durchgang funktionierte schon wieder nicht. Diesen Hausmeister sollte doch der Kuckuck holen, ehrlich. Wäre das sein Gebäude, würde hier ein anderer Wind wehen. Ständig klappte irgendwas nicht, und dann dauerte es Wochen, bis selbst einfachste Handwerkerarbeiten erledigt wurden. Die neue Birne dürften sie wohl um Weihnachten rum erwarten. Was soll's, dachte Toni bei sich, Weihnachten wohne ich schon nicht mehr hier, bis dahin sind Petra und ich bestimmt längst zusammengezogen. Er lachte erneut. Was für eine elende Schwärmerei, das war ja nicht auszuhalten. Andererseits bot die fast völlige Dunkelheit in der Unterführung eine perfekte Kulisse für romantisches Träumen. Er schob es also darauf und ging weiter. Hatte er eigentlich noch Bier im Haus? Er hatte das Gefühl, ein kleiner Absacker auf den tollen Abend ging noch. Was für eine Frau.

Was für eine …

Das kalte, erbarmungslose Schwert trennte seinen Kopf schneller vom Hals, als er seinen letzten Gedanken zu Ende bringen konnte.

Toni Schüttler starb mit einem Lächeln.

KAPITEL 4

Donnerstag, 20.08.2020

»Nun ja, wenigstens dürfte er nichts gespürt haben.« Martin Paulus war sich noch nicht sicher, ob er beeindruckt war oder einfach nur fassungslos. Vermutlich beides, irgendwie. Pietät wäre natürlich auch hilfreich, dachte er sich.

»Alter Schwede!« Ramon Almeida stand der Mund offen. Er wusste nicht einmal, wie er sich verhalten sollte. Die Situation war dermaßen absurd, er wollte eigentlich lachen. Andererseits war Lachen nicht wahnsinnig angebracht, wenn man einen toten Körper vor sich liegen sah, dessen passender Kopf einen Meter weiter an die Wand gekullert war. Bei der Vorstellung wollte er schon wieder lachen. Er verkniff es sich.

»Highlander«, sagte Paulus. Ramon verstand nicht.

»Hä?«

»Highlander!« Paulus sah ihn erwartungsvoll grinsend an, als müsse Ramon irgendetwas wissen. Dann trübte sich das Lächeln allmählich, und der Blick seines »Bärenführers« wurde beinahe mitleidig.

»Kennst du nicht, oder? Was lernt ihr Kids eigentlich noch?«

»Was soll ich kennen? Ich kenn kein Highlander!« Ramon verstand nur Bahnhof. Was zur Hölle wollte Paulus von ihm?

»Vergiss es«, sagte der schmunzelnd. »Und tu mir einen Gefallen, such dir zur Abwechslung mal eine etwas ältere Freundin, vielleicht bringt die dir endlich ein Minimum an Kultur nahe.«

»Is klar.« Ramon wusste, wann es keinen Zweck hatte nachzubohren. Er nahm sich allerdings fest vor, bei nächstbester Gelegenheit »Highlander« zu googeln.

»Also, was machen wir jetzt, mein Herr und Gebieter?«, fragte er feixend. Paulus hatte derlei Sprüche viel zu oft gehört, um sie ernst zu nehmen. Er betrachtete die Leiche, immer vorsichtig darauf bedacht, keine Spuren zu zerstören. Ging hinüber zu dem sauber abgetrennten Kopf, der blut- und dreckverschmiert an der Hauswand lag, und beugte sich so dicht darüber, dass es beinahe schien, als wolle er auch noch daran riechen.

Der Strich auf der Stirn machte ihm zu schaffen. Denn er konnte einiges bedeuten. Vielleicht sogar alles. Oder, und das war der Punkt, der ihm Sorgen bereitete: nur eines. Ein senkrechter Strich. Ein I. Oder eine 1. Lass das keine 1 sein, dachte er. Bitte, bitte, lass das keine 1 sein. Und wenn, dann lass wenigstens keine 2 folgen! Doch was half sein Flehen? Wenn es eine 1 wäre, würden nur sehr schnelle und sehr effektive Ermittlungen eine 2 verhindern können. Wenn überhaupt. Und es war nicht sein Stil, sich ohne Not den Kopf über ungelegte Eier zu zerbrechen. Er stand auf, blickte sich in Ruhe nach allen Seiten um und dachte nach. Dann sah er Ramon eindringlich an – wie er es eigentlich immer tat, wenn er mit jemandem sprach – und sagte:

»Jetzt, mein Lieber, besorgen wir mir erst mal einen schönen, kräftigen Cappuccino, damit ich endlich wach werde. Und dann suchen wir mit Vollgas nach jemandem, der allen Ernstes im Jahr 2020 in Deutschland rumläuft und Leute mit einem Schwert köpft. Und dann beten wir, lange und inbrünstig, dass er das nur einmal macht.«

KAPITEL 5

Donnerstag, 20.08.2020

Tamara schnaufte.

Sie konnte sich nicht besonders gut konzentrieren. Wieder mal. Dabei hätte sie ein wenig Konzentration bitter nötig gehabt. Den Vermerk hier wollte sie gestern schon fertig geschrieben haben. Sie hasste es, unter Druck zu arbeiten, und wenn sie heute nicht vorankam, wurde es langsam knapp. Den Generalbundesanwalt ließ man nicht warten, schon gar nicht, wenn es um eine Haftsache ging. Und diese hier hatte es in sich. Ein ehemaliger General aus Ruanda, der, selbst wenn man nur den wenigen und sicher eher zurückhaltenden Zeugenaussagen Glauben schenkte, ganze Dörfer niedergebrannt, Hunderte Männer getötet, Kinder verschleppt und die Frauen seinen Männern als Sklavinnen überlassen hatte. Es waren Fälle wie diese, für die sie zum BKA gegangen war. Unendlich komplex, hoch politisch, oft genug mit unbefriedigendem Ausgang – aber es waren die ganz großen Dinger, und nichts anderes hatte sie je gewollt.

In Wiesbaden war sie, dienstlich betrachtet, noch glücklicher gewesen. Im Bereich »Internationaler Menschenhandel« hatte sie damals alles, was sie sich je vorgestellt hatte. Vor allem Erfolg. Ihr Team war klasse gewesen, selbst mit den Chefs hatte sie im Grunde immer Glück gehabt. Da sie ursprünglich aus der Gegend kam – ihr Vater war zu aktiven Zeiten in Ramstein stationiert gewesen und hatte ihre Mutter dort kennen und lieben gelernt – hatte sie außerdem ihre Familie und ihren Freundeskreis um sich gehabt. Was damals gefehlt hatte, war nur der perfekte Mann für dieses ansonsten unglaubliche Leben gewesen. Den lernte sie eines Tages kennen. Er kam aber nicht aus Wiesbaden. Sondern aus Meckenheim. Diesem Provinzkaff inmitten von Obstplantagen, in das es sie nie im Leben gezogen hätte. Wäre es nicht für Matthias gewesen. Matthias und sie waren sich nähergekommen, als sie beide 2016 wegen des Anschlags in Düsseldorf waren. Das BKA hatte damals die Ermittlungen übernommen, die »Besondere Aufbauorganisation«, kurz BAO, hatte »Drohne« geheißen, wegen des Tatmittels, das der Täter, Thomas von Haehling, damals eingesetzt hatte. Da es absolut keinen Hinweis auf ein politisches Motiv gab, musste ihre Abteilung ran, die für schwere und organisierte Kriminalität zuständig war. Und bei derart großen Lagen damals noch nicht ganz so viel Erfahrung hatte wie die Staatsschützer. Also unterstützte man aus Meckenheim, so gut es ging. Der Einsatzabschnitt in Düsseldorf bestand zu fast 80 Prozent aus Kolleginnen und Kollegen von dort. Und sie war, als eine der wenigen aus dem Wiesbadener Referat, in dem das Ermittlungsverfahren bearbeitet werden sollte, ebenfalls vor Ort.

Ihr Schwerpunkt: taktische Opferbetreuung. Sie musste wissen, wer in welcher Art Opfer oder Betroffener des Anschlags war; und vor allem, wer davon etwas zu sagen hatte, das für die Ermittlungen wichtig sein konnte. Es war die mit Abstand aufregendste Zeit ihrer beruflichen Laufbahn gewesen; und die anstrengendste. 20-Stunden-Schichten waren keine Seltenheit, monatelang nahm sie kaum einen freien Tag, und ihr üblicher Alltag verabschiedete sich ganz dezent ins Nirvana.

Was ihr aber viel mehr zu schaffen gemacht hatte damals, das waren die Schicksale. Sie kannte sie alle. Oder zumindest die meisten. Von Haehling hatte ganze Arbeit geleistet. Nicht nur, dass er, ein Polizist, von 2007 bis 2015 insgesamt neun Menschen ermordet hatte, ohne dass ihm jemand auf die Spur gekommen wäre. Nein, er hatte, nachdem er kurz zuvor noch einen Reporter namens Niessen für Monate ins Krankenhaus befördert hatte, im Sommer 2016 den Drohnenanschlag auf das Depeche Mode- Konzert im Kölner Stadion durchgeführt. Grundlos! Wie all seine Morde. Einfach nur, weil er es wollte. Und weil er es konnte. Was für ein niederträchtiges Schwein.

32 Menschen waren an diesem Tag gestorben, Hunderte weitere wurden teils schwerst verletzt. Die Massenpanik, von der abstürzenden und beim Aufprall explodierenden Drohne ausgelöst, war gnadenlos gewesen. Allein 15 der Opfer wurden sprichwörtlich zu Tode getrampelt, sieben hatte die Drohne erwischt. Die weiteren erlagen in der Folge ihren Verletzungen. Es war schrecklich. Was für eine sinnlose, widerwärtige und abgrundtief böse Tat. Tamara war stets sehr auf ihre Professionalität bedacht, aber damals hatte sie ihre Freude darüber nicht unterdrücken können, dass dieses Schwein auch sein Fett abbekommen hatte. Und zwar sieben Kugeln. Von der eigenen Frau. Isabelle von Haehling. Was für eine Heldin! Tamara hatte

mit ihr gesprochen, mehr als einmal. Isabelle hatte aus ihrer Sicht das einzig Richtige getan – und die Tat trotzdem nicht verhindern können. Womit sie ihr Leben lang zu kämpfen haben würde.

Allerdings war das alles nicht mehr ihr Problem. Ihres war und blieb Matthias, dessen Hin und Her ihr wirklich auf die Nerven ging. Und dieser blöde Vermerk, auf den sie sich endlich konzentrieren musste.

Tamara schnaufte.

KAPITEL 6

Donnerstag, 20.08.2020

Niessen saß auf der Terrasse und blätterte nach dieser scheußlichen Nacht eher lustlos in der Rheinischen Rundschau. Ein Ritual, das er sich Tag für Tag gönnte und das ihm eine diebische Freude bereitete. Vor allem las er das Blatt, um sich daran zu erinnern, wie schön es war, es nur noch lesen und nicht mehr dafür schreiben zu müssen. Er genoss sein neues Leben. Grundgütiger, und wie er das tat! Er hatte es sich, verdammt noch mal, auch verdient. Nach all der Scheiße, durch die er sich, ehrlich gesagt, schon sein ganzes Leben lang, vor allem aber seit der Causa von Haehling, hatte quälen müssen, schien das Schicksal es am Ende immerhin gut mit ihm gemeint zu haben.

Er war jetzt 67 Jahre alt, und wenn er Glück hatte, blieben ihm (bei seinem zeitweiligen Lebenswandel) vielleicht noch zehn gute Jahre. Er war fest dazu entschlossen, aus ihnen das Beste zu machen. Leisten konnte er es sich. Das Buch, das er geschrieben hatte, nachdem all der Ärger und die Prozesse vorbei waren, ging letztes Jahr nicht etwa durch die Decke. Nein, es haute dem Mond ein Loch in den Schädel, so steil war es eingestiegen. *Ten* war sein Weg gewesen, mit alldem fertig zu werden. Das Erlebte, insbesondere das Traumatische, zu verarbeiten und in etwas Positives zu verwandeln. Und da niemand so viel über von

Haehlings Taten wusste wie er, der ihm in all den Jahren als Einziger auf der Fährte war, schien es ihm auch das Richtige zu sein. Die Menschen hatten ein Recht zu erfahren, was dieser Wahnsinnige alles getan hatte. Wie er es getan hatte. Und welche Umstände ihm dabei geholfen hatten. Wie zum Beispiel der, dass seine Polizisten- Kollegen Niessen viel zu lang kein Wort geglaubt hatten. Natürlich hatte er auch einiges ausgeschmückt und verändert. Er wollte ja kein Sachbuch schreiben, sondern einen spannenden Roman. Und er wollte auch niemandem einen Grund bieten, ihn zu verklagen. Dem Erfolg tat all das aber keinen Abbruch. Ganz im Gegenteil:

Ten wurde ein Bestseller. War es bis heute. Und das nicht nur in Deutschland. Inzwischen war es bereits in elf Sprachen übersetzt und verkaufte sich quer über den Globus. Um dem Ganzen die Krone aufzusetzen, verhandelte Niessen derzeit mit einem Streaming-Riesen über die Filmrechte. Und allein die Summe, die sie ihm für die Option angeboten hatten, war schon richtig lecker! Es war das Gegenteil des Traums, den er vergangene Nacht durchlebt hatte. Es war ein Wunschtraum. Aus dem er allerdings nie erwachte – solange er wach war. Keine Frage, Niessen war auf der Überholspur. Er genoss das Rentnerdasein, unterbrochen lediglich von einigen ausgesuchten Lesungen und einer unglaublichen Menge an Events, Partys und dergleichen mehr, zu denen er eingeladen wurde. Viel mehr ging nicht, wenn man das Leben nur noch auskosten wollte.

Und so frühstückte er nun hier, auf der sensationellen Dachterrasse der netten Dachgeschosswohnung mit Rheinblick in Düsseldorf-Oberkassel, die er sich gekauft hatte, und las. Das Blatt bot heute allerdings wenig Spektakuläres. Im für ihn noch immer spannendsten Teil – den Blaulichtnachrichten – dann immerhin eine Nachricht, die seine Aufmerksamkeit weckte. Die allerdings hatte es in sich. Und wie!

Ein Mordfall, aber kein gewöhnlicher. Geköpft wurde der Mann. Autsch!, dachte Niessen nur. Das las man auch nicht alle Tage. Das Opfer, hier mit »Toni S.« bezeichnet, sagte ihm erst einmal nichts. Vermutlich eh verfälscht, der Name, war er sicher. Der Artikel war darüber hinaus erstaunlich nichtssagend. Sein Nachfolger, Alexander Spicker (was für ein bescheuerter Name!, dachte er nicht zum ersten Mal), hatte ihn bis heute nicht enttäuscht – er war blass geblieben, seine Artikel gaben selten mehr her als die spärlichen Pressemeldungen der Behörden. Noch dazu verstand er nicht einmal das Minimum von der hohen Kunst, aus absolut nichts wenigstens ein Meer aus Mutmaßungen zu machen, die das Lesen halbwegs spannend machen konnten.

Für Niessen war dieses Musterbeispiel an Inkompetenz purer Genuss. Sollten sie ihn ruhig vermissen. Er brauchte sie nicht mehr.

Er legte die Zeitung weg, stand auf und ging ins Schlafzimmer. Ihm war nach einem langen Spaziergang. Und wenn der zufällig zu einem Treffen mit einer seiner alten Quellen im Präsidium führen würde – umso besser. Dieser Mord klang zu spannend, um ihn nicht für ein weiteres Buch zu missbrauchen.

Manche Katze kann das Mausen eben nie lassen, schmunzelte Niessen in sich hinein.

KAPITEL 7

Freitag, 11. April 2008

Tom war schrecklich nervös. Fast sieben Jahre war es nun her, dass er Charlotte kennengelernt hatte, und jetzt stand er vor ihrer Tür, knieweich wie ein Schulkind, und klingelte. Sieben Jahre, in denen es nicht die kleinste Chance gegeben hatte, sie wiederzusehen. Sieben Jahre, in denen er dreimal einen Brief geschrieben und immerhin einen davon auch abgeschickt hatte. Ohne jedoch eine Antwort zu erhalten. Der Brief letztes Jahr musste sie erreicht haben; ein gutes Gedächtnis und ein noch besserer Kontakt zu einem Kollegen beim BKA in Wien hatten die Suche nach ihrer Adresse leicht gemacht. Er hatte ihr, neben wortreichen Versuchen, ihr deutlich zu machen, wieso er sie nie hatte vergessen können, die Nummer seines Zweithandys geschickt. Doch sie hatte sich nie gemeldet.

Nach dem versehentlichen Mord an diesem kurdischen Straßenschläger, den er im vergangenen Jahr begangen hatte, und diesem unerwarteten Gefühl, das er ausgelöst hatte, hatte Tom oft an Charlotte denken müssen. Sicher verklärte sich in seiner Erinnerung manches; und dennoch war er überzeugt, dass von allen Gefühlen, die er seit seiner Jugendliebe mit Christina verspürt hatte, nur der Abend mit Charlotte ähnlich intensiv gewesen war. Wie es begonnen hatte, so war es noch heute: Sie hatte ihn berauscht, ihn betört, ihn verzaubert. Sie hatte ihn mit ihrem Duft, ihrer Sinnlichkeit, ihrer Makellosigkeit und der Art, wie sie in jener Nacht ihren Körper einsetzte, an sich gezogen wie ein hilfloses Kaninchen – und sie hielt ihn bis heute in diesem entsetzlich schönen Würgegriff gefangen.

Er hörte leichte, trippelnde Schritte. Die Tür öffnete sich.

»Hallo«, sagte ein kleines Mädchen, es mochte vielleicht sechs oder sieben Jahre alt sein.

»Du sollst doch nicht allein die Tür aufmachen«, rief es eiligen Schrittes hinter ihr. Dann stand auch Charlotte vor ihm. Als sie ihn erkannte, wurde sie bleich wie eine Wand. Ihr Mund klappte auf und klappte wieder zu. Doch dann fasste sie sich und brachte immerhin ein Wort hervor:

»Tom?« Tom rasten die Gedanken nur so im Kopf herum. Er kam ungelegen, so viel war klar. War sie verheiratet? Natürlich war sie das. Eine Frau wie sie! Und das zauberhafte Geschöpf neben ihr das logische Ergebnis einer Liebe, die niemand zerstören sollte, am allerwenigsten er. Er musste die Situation retten. Weglaufen ging nicht. Möglichst unverfänglich brachte er also das Sinnvollste hervor, das ihm auf die Schnelle einfiel.

»Hallo, Charlotte. Wir haben uns lange nicht gesehen, und ich war in der Gegend. Aber wenn es gerade nicht passt, bin ich schon wieder weg.« Er wandte sich zum Gehen.

»Warte«, hauchte Charlotte mehr als dass sie es sagte. Tom drehte sich wieder um und sah sie an. Den Kampf, den sie mit sich ausfocht, konnte man an ihren Gesichtszügen ablesen. Die sich im Übrigen nicht im Geringsten verändert hatten. Da war er noch, ihr zuckersüßer Würgegriff.

»Komm rein«, sagte sie, deutlicher jetzt. Sie hatte ihre Fassung zurückerlangt. Tom allerdings war davon meilenweit entfernt. Er hing am Haken, entsetzt von sich selbst und seiner Unbeherrschtheit. Und doch auf eine Art glücklich oder vielmehr erwartungsfroh, dass es ihn erschaudern ließ. »Komm rein«, hatte sie schließlich gesagt.

»Wer ist das, Mami?«, fragte das kleine Mädchen, seine Gedanken jäh unterbrechend.

»Ein lieber alter Freund, Kyra-Schatz«, sagte Charlotte und blickte ihre Tochter an, traurig und zugleich voller Liebe. Mit diesem einen Satz und diesem einen Blick jagte sie Tom die bittere, unerschütterliche Wucht der Wahrheit ins Gehirn – und damit ohne weiteren Umweg direkt in sein Herz: Das kleine Mädchen, das dort stand, war seine Tochter.

Tom wurde schwarz vor Augen.

Er taumelte und fiel.

KAPITEL 8

Freitag, 21.08.2020

Es fiel Paulus, wie so oft in letzter Zeit, schwer, sich zu konzentrieren. Jedenfalls, solange Aurelie im Zimmer war; oder Aury, wie sie gern genannt werden wollte. Was ständig der Fall war. Immerhin war es ja auch ihr Büro. Ein weiteres Mal sah er sie verstohlen an, um sich sofort abzuwenden und den Kopf zu schütteln. Was sollte er auch machen? Sie war nicht seine Kragenweite, das war ihm klar. Aber Jesus Christus, was für eine unfassbare Anziehungskraft. Und sie wusste das ganz genau. Sie wollte mit dem Feuer spielen, also spielte sie mit dem Feuer. Das würde sie genauso lange tun, bis sie sich verbrennen könnte. Dann würde sie schön die Hand wegziehen und unschuldig lächeln. All das machte ihn wahnsinnig.

Sie machte ihn wahnsinnig. Paulus lächelte schwach. Wenn er nicht aufpasste, würde er einen Fehler begehen, der ihn seine Ehe kosten könnte, das wusste er. Was nutzte ihm allerdings dieses Wissen, wenn »aufpassen« das letzte Wort war, das ihm einfiel, sobald er Aury auch nur nahekam? Was ebenfalls viel zu häufig der Fall war. Ach verdammt, dachte er. Er musste damit aufhören. Das würde doch eh zu nichts führen! Die Fronten waren geklärt. Eigentlich. Er war ihr Teamleiter, der jung zum Hauptkommissar gewordene Karrierebeamte, dem nichts und niemand ein weiterhin steiles Fortkommen verbauen könnte. Niemand außer ihm selbst. Oh, und außerdem – das spielte in dieser Frage die bei Weitem größere Rolle – war er glücklich verheiratet. Und er hatte einen Sohn.

Und sie war … tja, sie war die frisch ins Team gekommene Kommissarin. Jung und viel zu schön, um von den Kolleginnen akzeptiert zu werden. Zu gut wiederum, um sie auf ihr Äußeres reduzieren zu können, was es wiederum Männern und Frauen im Team schwer machte, mit ihr umzugehen. Ramon zum Beispiel konnte sich nicht einmal 20 Sekunden mit ihr unterhalten, ohne dummes Zeug zu reden. Was noch spannend werden könnte, denn Ramon war in dem aktuellen Mordfall sein zweiter Mann, und Aury würde bei allem, was Paulus tat, mitlaufen und lernen. Ein Mordfall, bei dem sie hoffnungslos auf der Stelle traten. Es war wie verhext: Niemand hatte etwas gesehen, niemand hatte etwas gehört. Familie, Freunde und auch die Frau, die das Opfer erst am Abend des Mordes kennengelernt hatte: bislang alles Fehlanzeige!

Aury machte sich gut. Das war nicht nur sein eigener Eindruck, auch Ramon hatte sich schon dahingehend geäußert. Sie nahm ihnen schon einiges an Arbeit ab, und Paulus hatte das Gefühl, dass er ihr gar nicht mehr so vieles beibringen müsste. Sie war gut und sie passte absolut zu ihnen ins Team. So viel auf der Habenseite. Denn für ihn – der vor allem anderen ein »Mentor« und darin Profi sein sollte – war Aury nicht weniger als eine geladene Waffe. Und zwar eine Panzerfaust. Eine, die Mauern einreißen kann, von denen niemand möchte, dass sie eingerissen werden. Dass er ihretwegen in Schwierigkeiten kommen könnte, war ihm erst seit Kurzem bewusst. Bei einer passenden Gelegenheit hatte er ihr gestanden, dass es für ihn je nachdem, was sie im Büro trug, schwierig war, sie »nur« wie ein Kollege anzusehen. Er hatte gedacht, es gehöre sich und sei richtig, es ihr so ehrlich zu sagen. Sie hatte mit gespielter Gelassenheit und einem winzigen, dennoch aber spürbaren Hauch gerade dadurch vollkommen unverschämter Aufreizung geantwortet:

»Du, das würde mir gar nichts ausmachen.«

Klar! Schön! Super! Wäre er kein Familienvater. Und hätte sie nicht ihrerseits – jedenfalls abseits der wenigen Hinweise, dass es bald auch anders sein könnte – einen festen Freund. Was für eine beschissene Situation, fasste er im Geiste zusammen. Er durchdachte, nicht zum ersten Mal, die Möglichkeiten wie auch die Konsequenzen. Dienstlich war das immer die leichteste Übung für ihn; wieso wollte das bei Aury einfach nicht klappen?

Die Antwort kennst du, flüsterte es in ihm. Ja, er kannte sie. Das hieß noch lange nicht, dass er sie auch wahrhaben wollte. Denn anders, als er es sich und Nathalie versprochen hatte, schien die Ewigkeit sich vielleicht doch als zu lang herauszustellen. Was vor fünf Jahren mit der Geburt von Nils begonnen hatte, zog sich wie ein roter Faden bis ins Jetzt, und er musste sich eingestehen, dass er schon länger nicht mehr mit all seiner Kraft um ihre Liebe kämpfte, wie sie es sich einst geschworen hatten. Dennoch, er war aus tiefstem Herzen nicht dazu bereit, schon aufzugeben. Seine Familie und das Glück, das er sich mit ihr und für sie ausgemalt hatte, waren es wert, mehr zu geben. Alles zu geben. Und nicht vorschnell hinzuschmeißen.

Aury kam ihm in dieser Lage brutal in die Quere. Er war noch nie in eine solche Situation geraten, hätte es für vollkommen undenkbar und sich selbst für den treuesten und redlichsten Ehemann der Welt gehalten. Allen Problemen zum Trotz! Und jetzt gab es Tage, da wäre er für einen Kuss von Aury förmlich gestorben, so albern das auch klang. Es war nur noch zum Heulen. Also stürzte er sich, wann immer seine Gedanken nicht abwanderten, in den Dienst, um sich abzulenken. Mit ihr im selben Büro. Wie er es schaffte, das Kunststück überhaupt noch fertigzubringen, war ihm ein Rätsel. Aber es funktionierte auch diesmal.

Denn wichtiger als die Frage, wie, wann oder was mit Aury und ihm passieren könnte, war doch die Frage, wer dieses arme Schwein geköpft hatte. Er zerbrach sich den Kopf. Durchdachte die Möglichkeiten. Wo, zur Hölle, hatte er einen Anhaltspunkt? Der Kopf wurde abgetrennt, extrem sauber. Er hatte mit Profis gesprochen; einen solchen Schnitt schaffte nur eine mächtig scharfe Waffe. Ein Schwert, ein Dolch, was auch immer. Aber gut geführt. Hart, gnadenlos, kompromisslos – und professionell. Da war also kein Laie am Werk. Sie würden sich einiges an Expertise einholen müssen. Die Chance, dass sie sich alle in einer Echtversion von Highlander wiederfanden, lag für Menschen mit klarem Verstand exakt bei Nullkommanull Prozent. Also war Realismus gefragt.

Irre viele Menschen konnte es nicht geben, die erstens eine geeignete Waffe besaßen und diese zweitens auch so sicher und erfahren führen konnten, dass sie die Gewissheit hätten: Das Ganze würde blitzschnell und lautlos vonstattengehen. Und der Kopf würde abfallen, sofort. Nur leider kannte er sich überhaupt nicht mit so etwas aus. Wie viele Schwerter gab es, die in Wohn- oder Teenagerzimmern hingen und auf diese Weise gebraucht werden könnten? Konnte man stumpfe Dekowaffen so scharf schleifen, dass auch so eine genügen würde? Musste man wirklich besonders gut mit einer solchen Waffe umgehen können, um mit einem ordentlich gezielten Hieb einen Kopf abzutrennen? All das würden sie herausfinden müssen. Und zwar schnell.

Was die Zeugenlage anging, hatten sie tatsächlich rein gar nichts. Der Mörder konnte genauso gut ein Geist gewesen sein. Entdeckt wurde die Leiche erst, als gegen 5 Uhr morgens ein junger Mann das Haus verließ, um den Busweg zu seiner Lehrstelle anzutreten. Der Arme würde sicher noch lange an diesen Morgen denken. Als Zeuge allerdings nicht zu gebrauchen. Als Tatverdächtiger schon mal gar nicht.

Und das Motiv? Völlig unklar. Habgier schied aus, die Brieftasche war nicht nur vorhanden, sondern gar nicht mal schlecht bestückt gewesen. Toni Schüttler war zudem eher ein Einzelgänger. Familie hatte er keine in der Nähe, jedenfalls nach bisherigem Erkenntnisstand. Er war nicht vorbestraft, und es gab zu ihm keine relevanten Erkenntnisse. Was Schüttler allerdings auch nicht war, war ein Unbekannter. Martin war gleich zusammengezuckt, als Ramon letzte Nacht die Personalien vorgelesen hatte. Denn er hatte Schüttler nicht nur gekannt. Er hatte ihn sogar vernommen.

Vor ziemlich genau vier Jahren. Schüttler war damals

in ihren Fokus geraten, als ein paar Garagen auf seinem Schrottplatz in Grevenbroich in Flammen aufgegangen waren. Und in einer davon der inzwischen »legendäre« Reporter Rolf-Günther Niessen beinahe verbrannt wäre. Oder, was hieß »beinahe«? Es hatte Monate gebraucht, bis Niessen halbwegs wiederhergestellt gewesen war, so heftig hatten die Flammen ihn erwischt. Das Ganze hatte mit den von Haehling-Morden zu tun. An die Paulus sich nur sehr ungern erinnerte. An die Morde – und an das, was von Haehling am Ende getan hatte, nachdem ihm selbst das Morden zu langweilig geworden war.

Denn Paulus war dort gewesen an diesem Abend. Und auch er hatte den Anschlag nicht verhindern können. Die Bilder der Tat hatten sich für immer in seinen Kopf eingebrannt – und tiefer. Was für eine perverse, unnütze, feige Tat. Das würde ihn niemals ganz loslassen. Ebenso wenig wie die Erkenntnis, dass ausgerechnet sein damaliger Kollege, sein Vorbild, sein großes Ermittleridol Torben Kanther noch etwas hätte unternehmen können. Wäre er nicht mit von Haehling befreundet gewesen. Und wäre er konsequent dem nachgegangen, was er kurz vor dem Anschlag erfahren hatte. Doch so war es auch für Kanther zu spät. Von Haehling war damals nicht mehr aufzuhalten.

Doch was half es Paulus jetzt, in der Vergangenheit herumzustochern? Von Haehling konnte Schüttler nicht ermordet haben. Wenigstens das stand fest. Aber wer war es dann? Und warum? Fragen über Fragen. Sie waren noch ganz am Anfang. Und sie hatten verdammt wenige Anknüpfungspunkte. Zu allem Überfluss wollte ihn ein

Gedanke nicht loslassen, der sich hartnäckig festfraß und sich immer wieder als eindringliches Flehen in seinem Hinterkopf meldete:

Bitte, bitte, bitte lass das einen Einzelfall sein!

KAPITEL 9

Freitag, 21.08.2020

Tamara war begeistert. Nachdem sie angefangen hatte, Matthias mit beinahe ernst gemeinter »Wer nicht will, der hat schon!«-Einstellung auszublenden, schrieb der Vermerk sich, wie üblich, wie von selbst. Den sollte der Teufel holen. Das hier war wichtiger. Ratten wie dieser General sollten in der Hölle schmoren – und wenn die einzige Hölle, die sie ihnen bereiten konnte, der Knast war, dann sollte wenigstens dabei das Maximum rauskommen. Was für ein gewaltiges A…

Sie hatte sich daran gewöhnt, in ihrem Job die miesesten Drecksäcke der Welt in der Aktenlage auf ihrem Tisch zu haben. Doch mancher von ihnen schaffte es selbst in dieser Riege, einen Ehrenplatz zu ergattern. Sie war zuversichtlich, dass die Beweise am Ende reichen würden. Wissen konnte man es leider nie. Vor Gericht war man, wie manche gern sagten, in Gottes Hand. Kerim kam wieder ins Büro.

»Naaa, fertig?«

Tamara lachte. »Ja, ich denke schon. War eine schwere Geburt. Aber so kann er zu Joe.« Joe war ihr Sachgebietsleiter. Sie liebte ihn abgöttisch. Musste man auch. Einen netteren und dabei auch fachlich fitteren »kleinen Chef« musste man erst mal finden. Joe hatte sie unter ihre Fittiche genommen und ihr gezeigt, wie gut sie wirklich sein konnte. Und damit zu ihrer ohnehin recht ordentlichen Karriere beigetragen, die, so hoffte sie, in ein paar Jahren noch einen Schritt weiter führen würde. Jetzt musste sie ihm aber erst mal den Vermerk schicken und hoffen, dass er nicht allzu viel daran auszusetzen hatte.

Als die Mail versendet war, hielt Tamara ein wenig Small Talk mit Kerim. Er war, wie jede Woche, in der Halle gewesen, um »die Sandsäcke zu malträtieren«, wie er es in seiner leicht hochtrabenden Sprache gern ausdrückte. Jetzt gerade war er allerdings dabei, die Durchsuchungen vorzubereiten, die ihnen nächste Woche bevorstanden. Vier Objekte an einem Tag, eine Vorführung mit Gefangenentransport. Das war nicht wenig, aber auch keine besondere Herausforderung. Wäre die lästige Einsatzvorbereitung nicht gewesen. Ein Jammer, dass einem die keiner abnehmen konnte. So oder so, Tamara freute sich darauf. Aus dem Büro herauszukommen, war immer das Tollste an diesem Job gewesen, so sehr sie die Bequemlichkeit des Bürolebens auch zu schätzen wusste. Sie selbst würde die Durchsuchungsleitung in Bad Hersfeld übernehmen. Also sprachen sie noch eine ganze Weile über den Beschuldigten, der dort lebte, und die Erkenntnisse aus der Objektabklärung.

Kerim war topfit. Er war drei Jahre jünger als sie und noch Oberkommissar, aber sein Verfahren hatte er vollständig im Griff. Und im Kopf. Erstaunlich, wie viele Details er auf Abruf hatte, ohne auch nur in einer einzigen Akte zu blättern. Bei allem, was sie ihm vielleicht auch voraus hatte – seine Merkfähigkeit hatte er ganz sicher als

Alleinstellungsmerkmal. Sie mochte Kerim. Er brachte sie zum Lachen, sie redete gern mit ihm und sie arbeitete gern mit ihm. Ein Jammer, dass sie sportlich so gar nicht zusammenkamen, sonst hätten sie auch gemeinsam Sport machen können. Er mit seinem kompromisslosen Kampfsporttick, sie mit ihrer Basketball-Leidenschaft und dem Ausdauersport zur Ergänzung. Aber man konnte nicht alles haben. Es war 16.30 Uhr. Tamara überlegte, ob es sich lohnen würde, jetzt noch mit etwas Neuem anzufangen, oder ob sie zur Abwechslung früher Feierabend machen sollte. Kerim riet ihr zu Letzterem.

»Ich würde ja sagen: Geh mal aus, kipp dir ordentlich die Birne zu! Aber du säufst ja weniger als meine Tochter (Sie war drei!). Was für ein Jammer!«

Sie lachte kurz. »Süßer, ich verspreche dir eins: An dem Tag, an dem ich erkenne, dass Alkohol für irgendwas die Lösung ist, bist du der Erste, der es erfährt. Ich würde dir gern versprechen, dass wir dann zwei, drei Flaschen Raki durchziehen – aber die Klischeekasse hast du Ungläubiger ja heute schon hinreichend bedient.«

Jetzt war es Kerim, der lachte. Er war, wie er stets betonte, grundsätzlich Muslim. Das bedeutete aber nur, dass er in etwa so sehr an seinem Glauben hing wie der durchschnittliche Katholik nach seiner Firmung. Nicht, dass sie sich je intensiv über solche Themen unterhalten hätten; sie schnappte es einfach aus dem auf, was er erzählte.

Das war das Schöne am BKA: Sie hatte noch nie erlebt, dass ein Kollege oder eine Kollegin nach irgendetwas anderem beurteilt oder gar gelabelt wurde als nach der Frage, ob sie oder er etwas konnte und gut ins Team passte oder nicht. Sie wusste nicht einmal, wo Kerims Eltern oder Großeltern (oder wer auch immer) irgendwann mal hergekommen waren. Und das interessierte hier auch sonst niemanden. Sie wusste nur, dass er der absolute Knaller war. Und dass sie sich keinen besseren Bürokollegen wünschen konnte. Sie beschloss, Kerims Rat zu befolgen und sich zur Abwechslung zu einer menschlichen Zeit in den Feierabend zu verabschieden. Das Wetter war spitze, sie könnte noch eine Runde Körbe werfen und dann nach Hause fahren.

Nach Ahrweiler. In die – ohne Matthias – wirklich, wirklich leere Wohnung in der malerischen Altstadt, direkt an der Stadtmauer. Ach, fuck! Sie musste Matthias endlich aus dem Kopf kriegen. Der sollte erst mal mit sich selber klarkommen mit seinem »Ich wollte nie eine Kollegin«-Schwachsinn. Das machte sie so was von wütend. Sie wusste schon gar nicht mehr, wie oft sie zusammen gewesen waren und sich wieder getrennt hatten. On-Off-Beziehung faktisch durchgespielt! Dabei hatte sie nie einen Mann gebraucht, und wäre er nicht er, hätte sie schon nach dem ersten Mal das Handtuch geworfen und wäre zurück nach Wiesbaden gezogen. Aber er war nun mal er. Und sie wusste leider sehr gut, dass sie nun doch zum ersten Mal in ihrem Leben einen Mann gefunden hatte, den sie brauchen wollte. Brauchte. Und er brauchte sie auch, verdammt! Versteckte sich hinter blödsinnigen, selbst auferlegten Regeln, die absolut keine Rolle spielten, wenn es um die Liebe ging. Quälte sich ohne Ende, heulte ihr manchmal sogar die Ohren voll, als wären sie noch Teenager. Statt die Chance seines Lebens einfach nur zu packen und festzuhalten. Er hätte ihr leidgetan. Wenn sie nicht selbst unter der Situation gelitten hätte. So machte er sie einfach nur sauer.

Penner!, dachte sie nur noch. 15 Minuten später warf Tamara sich die Seele aus dem Leib, während Billy Talent ihr mit »Surrender« in maximaler Lautstärke die Ohren durchpustete. Und Spiegel Online die erste größere Story zu einer kopflosen Leiche in Düsseldorf brachte …

KAPITEL 10

Samstag, 22.08.2020

Niessen saß vor dem nagelneuen MacBook, das er sich gegönnt hatte, weil er nach dem Erfolg von Ten Unmengen an Geld von der Steuer absetzen musste. Oder konnte. Wie man's halt nahm. Eine kopflose Leiche in Düsseldorf, schon das allein hatte was. Als er aber von seiner Quelle im Präsidium erfahren hatte, wer diese Leiche war, bahnte sich die Fortsetzung von Ten quasi im Alleingang den Weg von seinem Hirn in seine Hände. Also ließ er sie tippen. Währenddessen kreisten seine Gedanken um den armen Toni. Niessen hatte so einige Abende mit ihm verbracht, als er in die Recherchen für sein Buch eingestiegen war. Toni war erwartungsgemäß sehr redselig gewesen, schweifte aber ständig ab, sodass Niessen parallel zu den wenigen Dingen, die er eigentlich wissen wollte, damals seine halbe Lebensgeschichte auf Band hatte. Die sich mit seiner eigenen endgültig und leider auf sehr hässliche Weise kreuzte, als Niessen in Tonis Garage beinahe sein Leben verlor.

Diesem Ereignis gefolgt waren Monate voller Schmerz. Schmerz und unbändiger Wut. Nicht auf von Haehling, sondern auf sich selbst. Er war damals in von Haehlings Falle getappt wie ein Schuljunge, und der hatte sie eiskalt zuschnappen lassen. Wie oft hatte er in der damaligen Zeit die gesamte Geschichte hin und her gesponnen? All seine

Schritte noch einmal durchdacht, Szenarien entworfen und versucht, einen besseren Weg zu finden. Drei Tage hatte er gehabt. Drei ganze Tage! Er hatte gewusst, dass von Haehling ein irrer Killer war, und er hatte gewusst, dass er etwas Schreckliches vorhatte. Drei Tage wären geblieben, um all dem ein Ende zu machen, wenn er nur nicht diesem Traum von der Story seines Lebens hinterhergerannt wäre. Es hätte, nach all dem Morden, dem niemand Einhalt geboten hatte, zumindest ein besseres Ende geben können.

Ein Ende, bei dem nicht 32 Menschen gestorben wären. Ein Ende, bei dem er nicht 45 Prozent seiner Haut verlieren und monatelang Operationen über sich hätte ergehen lassen müssen. Um am Ende trotzdem nicht mehr so auszusehen wie vorher. Sicher, er hatte sehr gute Ärzte gehabt. Aber weder innerlich noch äußerlich war er unversehrt. Äußerlich hatte er sich inzwischen einige kosmetische Verbesserungen gegönnt, und zumindest voll bekleidet hätte ihn niemand sofort als Brandopfer erkannt. Seine Atemwege und die Lunge hatten jedoch Schäden davongetragen, die man schlicht und ergreifend nicht beheben konnte. Mit der Kurzatmigkeit und dem häufigen Gehuste würde er leben müssen – und nur das Schicksal allein wusste, wie lange ihm das noch halbwegs vernünftig möglich war. Aber immerhin, auf der Habenseite stand: Sein Zustand hatte ihm das Rauchen für immer ausgetrieben.

Am Ende hatte Niessen mit all dem erstaunlich gut seinen Frieden gemacht. Dabei half zum einen das Wissen, dass er im Leben noch Schlimmeres durchgemacht und auch das überlebt hatte. Und zum zweiten sein Ziel, ein Buch über all das zu schreiben. Seine Sicht der Dinge zu verbinden mit allem, was er in Erfahrung bringen konnte, und einem klitzekleinen Hauch dichterischer Freiheit. Das hatte ausgereicht, um nach vorn schauen und die restlichen OPs und Behandlungen hinter sich bringen zu können. Und heute als wohlhabender Mann hier zu sitzen – für wie lange auch immer – und ein neues Buch zu schreiben, in dem Toni Schüttlers rollender Kopf das erste Bild sein würde, das die Leser erreichte. In seinen Gedanken formte sich ein schöner Arbeitstitel: Kopflos – von Rolf G. Niessen. Niessen strahlte.

Darauf einen Titel-Cognac!

KAPITEL 11

Sonntag, 23.08.2020

Gregor saß auf dem Mountainbike, das er bei eBay Kleinanzeigen günstig bekommen hatte, und fuhr seine Lieblingsstrecke entlang. Seit er aus dem Gefängnis gekommen war, hatte das Mountainbiking die sportlichen Aktivitäten, mit denen er sich dort die Zeit vertrieben hatte, abgelöst. Und wie schon im Knast, trug auch hier, zurück im echten Leben, der Sport seinen Teil dazu bei, dass sein Leben nicht völlig aus den Fugen geriet. Hier draußen tat er es allerdings gern und ohne Not. Drinnen hatte er gar keine Wahl gehabt. Auch wenn die meisten Klischees weit am eigentlichen Knastleben vorbeigingen, war das Maximum an Bewegung, das man sich irgendwie holen konnte, doch für viele der größte Lichtblick. Und ein Anker. So auch für ihn.

Er hatte es verdient einzusitzen, das war ihm stets klar gewesen. Er hatte von Haehling den Scheiß besorgt, und er hatte den Sprengstoff hergestellt. Ohne seine Hilfe hätte von Haehling diesen Anschlag gar nicht begehen können. Zumindest wäre es schwerer für ihn geworden. Und tief in sich drin hatte Gregor damals gewusst, wobei er helfen sollte. Denn nur ein Vollidiot hätte gedacht, dass von Haehling mit dem Zeug eine Silvesterparty spannend gestalten wollte. Also ja, er hatte es verdient einzusitzen.

Doch alles in allem waren sie gnädig mit ihm gewesen, und sein Anwalt war auch nicht der schlechteste, seinen Eltern sei Dank. Trotzdem musste er dreieinhalb Jahre absitzen, bevor sie ihn schließlich rausließen. Beihilfe zum Mord, aber quasi unter denkbar günstigsten Umständen. Er hatte weder Einfluss auf die Tat gehabt noch war er in die Planung eingebunden gewesen. Er hatte, soweit es die prozessuale Wahrheit anging, absolut nicht gewusst, was von Haehling damals vorhatte. Von Vorsatz konnte also gar keine Rede sein. Vorbestraft war er auch nicht. Und Gregor hatte glaubhaft versichern können, dass von Haehling, immerhin ein Polizist, ihn derart eingeschüchtert hatte, dass ihm aus seiner Sicht gar keine Wahl geblieben war. Es kam also einiges zu seinen Gunsten zusammen. Wie auch immer, er war glimpflich davongekommen. Allerdings nur, um jetzt in seiner – selbst im Vergleich zu früher – noch traurigeren Bude zu sitzen, mehr denn je am Tropf seiner Eltern zu hängen und zu beten, dass der Job, für den er sich morgen vorstellen sollte, wirklich die Chance auf ein neues, geregeltes Leben war. In dem mit etwas Glück wenige Menschen oder vielleicht gar niemand jemals fragen würde, was es mit seiner Vergangenheit auf sich hatte. Man würde sehen.

Mann, er liebte dieses Waldstück jetzt schon. Die Route fuhr er bestimmt zum 20. Mal, sie hatte einfach alles, was er brauchte. Die richtige Länge, ordentliche Höhenmeter, vor allem aber sehr knifflige Stellen, bei denen er jedes Mal dankbar war, wenn das alte und nicht wahnsinnig stabile Bike durchhielt. Es war die perfekte Strecke, um sich den Kopf frei zu pusten. Nicht zum ersten Mal dankte er der Zeit im Knast zumindest dafür, dass er seinen – man konnte es damals nicht anders nennen – erbärmlich mickrigen Körper endlich fit bekommen hatte und sich dadurch rundum besser fühlte. Gesunder Körper: Check! Jetzt fehlte nur noch der gesunde Geist. Und der schien greifbar nah.

Ein Job. Das wäre schon geil. Vielleicht könnte er sogar das Studium beenden. Irgendwo anders von vorn anfangen. Irgendwann. Er hatte für sein Leben genug gebüßt. Und er war tief genug gefallen, um seine Lektionen zu lernen. Von jetzt an sollte jeder weitere Weg nur noch steil nach oben führen. Er wünschte sich das sehr. Denn, ob er nun etwas geahnt hatte oder nicht, was hatte er dafür gekonnt, dass dieser Irre einen Terroranschlag durchzog? Erpresst hatte von Haehling ihn, ganz klar. Dieser hirnverbrannte Vollhorst. Geschah ihm recht, dass seine Frau ihn ordentlich durchlöchert hatte.

Gregor fuhr schneller. Er war wütend geworden. Wie so oft. Die Psychologen im Knast hatten versucht, ihn wieder hinzukriegen, aber die Wut ließ sich auch in seinem neuen Alltag nicht ganz so leicht bändigen wie erhofft. Sein Leben war zerstört, weil ein Bulle unbedingt seine Psychoscheiße durchziehen musste und ihn mit reingerissen hatte. So einen Schwachsinn würden sie nicht mal in Büchern bringen. Und ausgerechnet ihm passierte das. Wobei: Einer hatte den Schwachsinn in einem Buch verpackt. Und fuhr damit offensichtlich recht gut. Noch so ein Schwachmat, dachte Gregor.

Egal. Er musste nach vorne schauen. Vor allem jetzt. Da vorn wurde die Strecke nämlich tückisch. Der ganze

Waldweg übersät mit Wurzeln, manche davon dicker als sein Oberschenkel. Er konzentrierte sich und umfasste den Lenker noch fester. Das heftige Ruckeln des Rades ging ihm durch und durch. Eine bessere Federung wäre schön. Naja, vielleicht zu Weihnachten. Aber das Gefühl war einfach nur geil. Für eine Sekunde vergaß er seine Sorgen, fühlte nur seinen Körper, das Rad und sein Gleichgewicht, und fuhr. Bis er die Bewegung sah.

What the fuck? Was will der mit dem Schwert?

Sein Körper explodierte nahezu durch die Wucht der Alarmschreie in seinem Inneren. Er versuchte auszuweichen. Riss das Rad zur Seite. Und scheiterte doch.

Gregor Friedrichs spürte nicht einmal, wie er starb.

KAPITEL 12

Montag, 24.08.2020

Wie Aury ihn ständig ansah. Warum machte sie das? Sie war doch diejenige, die alles ausschloss, was exakt solche Blicke erwarten ließen? Paulus wurde einfach nicht schlau aus ihr. Wie konnten Signale so verdammt widersprüchlich sein? Fast alles in ihm hätte den rechten Arm darauf verwettet, dass sie ihn genauso sehr wollte wie er sie. Und doch kamen regelmäßig Sätze oder auch Nachrichten von ihr, die rigoros alles ins Fabelreich verwiesen, was er sich nur zu gern vorstellte. Er war komplett kirre.

Und das war nicht wirklich, was er gerade gebrauchen konnte. In der Highlander-Sache waren sie nämlich noch immer kaum weitergekommen. Doch immerhin, die Kriminaltechnik hatte einen Hinweis für ihn gehabt, auch wenn es sich erst einmal wie eine sehr schlechte Nachricht angehört hatte: Es gab nicht die Spur irgendwelcher Ablagerungen, weder am Kopf noch am Hals. Was wiederum, und das machte die Information ebenso spannend wie nützlich, bedeutete: Der Kopf war mit einer Waffe abgetrennt worden, die in höchster Vollendung geschmiedet sein musste. Keine Dekowaffe. Auch kein zweitklassiges Flickwerk von Amateuren. Sondern eine Waffe, die mit Sicherheit nicht allzu viele schmieden konnten. Es galt also nur noch, die passenden Schmieden zu finden. Und herauszufinden, ob solche Schmieden über ihre Kunden überhaupt Buch führten.

Ramon und zwei weitere aus ihrem Team waren schon dabei. Sie klapperten alles ab, was sich finden ließ, studierten Kampfsportmagazine auf der Suche nach Werbeanzeigen, suchten das Internet nach Waffenschmieden und Möglichkeiten ab, an scharfe Schwerter und Ähnliches zu kommen. Mit reichlich Erfolg. Allein die bisherige Auflistung war schon ziemlich lang. Und, wie er so gern sagte: »Arbeit zieht Arbeit nach sich.« Selbst wenn sie am Ende jede noch so kleine Klitsche finden würden, die perfekte Waffen im Zweifel auch für perfekte Irre liefern konnte – damit weiterzukommen, würde Tage dauern. Sieben Leute hatte er, Stand heute. Sich selbst eingeschlossen. Und das war schon viel. Die Personaldecke war zuletzt dünner und dünner geworden, und der dauerhafte Ausfall ihres Kommissariatsleiters hatte die Misere nicht besser gemacht. Kacke, ehrlich! Wenn sie nicht einmal mehr für Mordfälle die nötigen Leute bekamen, wo sollte diese Welt noch hinführen? Ramon kam ins Büro.

»Chef?«

»Nenn mich nicht so. Was gibt's?«

»Neue Leiche. Könnte wieder dein Highlander sein!«

»Verarsch mich nicht.« Paulus spürte dieses Ziehen einmal längs durch seinen Bauch, das ihm so gar nicht gefiel.

»Doch, ich fürchte schon. Lass mal losfahren!«

»Fuck! Aury, kommst du mit?« Er hätte sie nicht unbedingt mitnehmen müssen. Es gab auch hier genug zu tun, und lernen konnte sie bei dieser Mordermittlung von allem und jedem. Andererseits wollte – oder konnte? – er auch nicht länger ohne sie sein als unbedingt nötig. Wortlos zog sie ihre Strickjacke über und folgte ihnen.

Als sie am Tatort ankamen, herrschte das übliche Gedränge. Paulus kämpfte sich voran, dunkle Vorahnungen im Kopf. Die sich augenblicklich bestätigten, als er die Leiche neben dem alten Mountainbike liegen sah. Und den Kopf, in dessen Stirn ein »II« eingeritzt war. Doch es kam noch schlimmer. Diesmal musste ihm niemand den Namen des Mannes nennen. Denn er erkannte ihn sofort. Es war Gregor Friedrichs. Von Haehlings Mittäter.

Paulus sackte kurz in sich zusammen. Es war Aury, die augenblicklich reagierte und ihn mit einem Arm, den sie um seine Hüfte legte, sanft stützte. Was gar nicht nötig war, er hatte sich ja sehr schnell wieder unter Kontrolle. Dass sie es dennoch tat, sprach Bände. Oder nicht? Schon dieses bisschen Nähe, schon ihr Haar, das flüchtig seine Wange streifte, reichte jedenfalls aus, um die aufwallende böse Erkenntnis wegzuwischen und sein Denken an einen völlig anderen Ort, in eine völlig andere Zeit zu katapultieren. Er sah Aury an; seine »Woman in Chains«. So hatte er sie genannt, seit sie ihm einmal schrieb, dass sie nur noch wegen ihrer Eltern mit ihrem Freund zusammen sei. Sie hätten ihr gesagt, dass sie es allein nicht schaffen würde. Was für Eltern taten ihrer Tochter so was eigentlich an?

Das Schwarz-Weiß-Video war ihm damals direkt ins Gehirn gesprungen; für ihn mit Abstand die herausragendste Kombination aus Song und Video, die es je gegeben hatte. Aury hatte es sich bis heute noch nicht angesehen, auch wenn er damit nicht locker ließ. Denn für ihn war sie diese Frau, und in seinem Kopf sang, wenn Aury ihm so nah war, ständig Oleta Adams: »So free her …« Ach, wäre doch nur alles so einfach, wie sich einen guten Song anzuhören.

»Ist alles okay, Martin?« Aurys Stimme holte ihn zurück in die Gegenwart.

»Ja klar. Sorry. Es war ein bisschen viel.« Er wich absichtlich von ihrer Seite und stellte sich mit gebührendem Abstand ihr gegenüber. Sie sah ihn fragend an, als wüsste sie schon, dass eigentlich noch mehr kommen müsste. Verdammt, wie diese Frau ihn am Haken hatte. Scheiße! Also, volle Konzentration auf den Dienst, Paulus.

»Ich kannte das Opfer«, sagte er betont nüchtern. »Es ist Gregor Friedrichs. Und damit Opfer Nummer 2, das mit Thomas von Haehling in Verbindung stand.«

»Dem Serienmörder? Der den Anschlag in Köln begangen hat?«

»Ja.« Paulus schluckte. »Friedrichs war sein Mittäter. Oder jedenfalls Unterstützer. Er war es, der damals den Sprengstoff hergestellt hat, mit dem von Haehling die Drohne beladen hatte. Und er hat ihm eine Konstruktion für die Drohne gebaut, mit der eigentlich, bevor die Drohne abstürzen und explodieren würde, Säure über die Menschen regnen sollte. Um richtig Panik zu schüren. Immerhin das haben wir verhindert.« Paulus stockte kurz. »Hat von Haehlings Frau verhindert, um genau zu sein.« Er verlor sich in Gedanken. Das war auch nicht hilfreich. Das Hier und Jetzt war schlimm genug. Also bitte zurück dorthin!

»Offensichtlich haben wir hier einen Nachahmer, der sich noch dazu einen Spaß daraus macht, von Haehlings

Umfeld ins Visier zu nehmen. Und ich befürchte, das hier ist noch nicht vorbei, Aury. Es könnte sogar gerade erst angefangen haben.« In seinem Kopf formte sich das Bild einer Reihe geköpfter Leichen, in deren Stirn alle Zahlen von I bis X in römischen Buchstaben geritzt waren. Er war wirklich nicht leicht aus der Fassung zu bringen. Aber er war beunruhigt. Er war sehr beunruhigt. Wenn hier unbedingt jemand in von Haehlings Fußstapfen treten wollte – und danach sah es verflucht noch mal aus! – dann wäre alles, was sie aufbieten könnten, um diese Serie zu stoppen, nur das Mindeste.

Paulus dachte wieder klar. Sehr klar. So, wie er es gewohnt war. Wenn ihm eine junge Kollegin nicht wie einem Pennäler den Kopf verdrehte, wie er sich ärgerlich eingestand. Er wandte sich den Kollegen am Tatort zu und spulte in gewohnter Perfektion seine innere Checkliste ab. An diesem Tatort würde niemandem auch nur der geringste Fehler passieren. Und ihm ganz sicher auch nicht!

KAPITEL 13

Montag, 24.08.2020

Aury lief im Licht der Straßenlaternen langsam auf ihren Inlinern am Rhein entlang. Sidekick, ihr pechschwarzer Dobermann-Mischling, trottete neben ihr her und verstand die Welt nicht mehr, weil er sich so gar nicht austoben durfte. Doch es half nichts, sie musste ihre Gedanken sortieren. Dabei konnte ihr zu viel Tempo nur im Weg sein.

Die Situation mit Martin war scheiße – anders konnte man es leider nicht sagen. Und das war schon geprahlt. Unabhängig von ihrer eigenen – allerdings verkorksten – Beziehung fand sie es mehr als verwerflich, es darauf anzulegen, mit einem verheirateten Mann zu schlafen, der dazu noch ein Kind hatte. Für solche Frauen hatte sie in aller Regel nur wenig übrig. Blöd nur, dass sie gleichzeitig unglaubliche Lust dazu hatte. Und wenn sie Pech hatte, würde er es merken. Sie las ihre Nachrichten noch einmal. Doch, ja, man konnte es nicht anders deuten. Sie hatte jede Tür geöffnet, die geöffnet werden konnte. Sie war lesbar.

Was würde er damit anfangen? Und wieso fragte sie sich das überhaupt? Das hatte sie alles schon mal, und es war völlig klar, wie es ausgehen würde. Männer wie er verließen ihre Frauen nicht. Und wozu auch? Für sie? Ganz sicher nicht. Also musste sie die Bremse ziehen. Sie treten! Keine Nachrichten mehr. Und damit auch kein versehentliches »was ich so heiß an dir finde …« und ähnliche Sperenzchen. Schlichte, nüchterne Sachlichkeit und ein hervorragendes dienstliches Verhältnis. Das musste doch zu machen sein.

Vielleicht. Denn sie wollte mehr. Und wie sie das wollte. Sie konnte es nicht leugnen, in ihr zog sich alles zusammen, wenn sie nur daran dachte, ihn zu küssen. Das war fast schon peinlich. Half aber nichts. Sie wollte diesen Kuss. Mindestens den! Vielleicht war es ja so, wie er sagte, und es würde überhaupt nichts ändern, wenn sie sich einmal küssen würden. Eine schöne Erfahrung, und: That's it! Sie würden Kollegen bleiben, er konnte ihr Mentor sein, sie würde damit leben, dass nicht mehr zu holen war. Und dass irgendwo ein noch besserer, alleinstehender Mann darauf wartete, dass sie lieber ihn küssen würde. Gar kein so schlechter Plan.

Nein, ein perfekter Plan! Eigentlich. Aber was, wenn dieser Kuss dahin führte, wohin er führen musste? Sie waren beide Menschen, die man nicht küsste, um es damit zu beenden. Würde sie sich selbst noch in die Augen sehen können? Würde sie »die andere« sein, die sie an jenen »anderen« immer verachtet hatte? Und wenn sie all das mal ausblendete: Was wäre, wenn sie sich am Ende doch verlieben würde? Und er, wie sie es schon einmal erlebt hatte, sich gegen sie entschied? Sie spürte den Schmerz voraus, konnte ihn beinahe greifen.

Ihr Blick fiel auf die Playlist, die sie sich für ihre Inliner-Touren angelegt hatte. Und wie so oft war sie kurz davor, diesen »Tears for Fears«-Song zu suchen und sich anzuhören, von dem Martin so besessen war. Sie hatte es bislang nicht fertiggebracht. Denn auch wenn die 80er weit weg von allem waren, was ihr eigener Musikgeschmack hergab; ganz gefühllos war sie nun nicht. Und wenn dieser Song einen Nerv treffen würde, hätte sie eine weitere offene Flanke. Sie ließ es also auch diesmal sein.

Sie waren Kollegen, verflucht noch mal! Sie wollte von ihm was lernen. Dienstlich. Basta! Sie hatten zwei Morde vor der Brust, und wenn Martin recht hatte, woran sie nicht eine Sekunde lang zweifelte, könnten noch weitere folgen. Beziehungskram war wirklich das Letzte, was sie jetzt gebrauchen konnten. Und Lars war immerhin auch noch da. Den sie sich allerdings Tag für Tag mehr glücklichreden musste.

»Was für eine Scheiße!« Aury fluchte laut vor sich hin und zog ihr Tempo schließlich doch noch an. Sidekick wedelte fröhlich mit dem Schwanz und rannte los.

KAPITEL 14

Montag, 21. Februar 2012

Charlotte Leibniz war eine pragmatische Frau. Sie hatte sehr früh gelernt, dass man das Beste aus allem machen musste, wenn das Leben einen nicht auffressen soll. Und das tat sie. Immer schon. Manchmal, wenn sie darüber nachdachte, wie gut es ihr ging und was sie erreicht hatte, kam es ihr noch immer wie ein Traum vor. Aber das war kein Traum; es war ihr Leben. Sie hatte einen guten, sicheren Job, den sie liebte und in dem sie alle Freiheiten genoss, die sie brauchte. Sie hatte ihre drei Engel, die sie über alle Maßen liebte und die unter dem Strich allesamt gut geraten waren.

Und über Mangel an Männern – so sie denn Bedarf hatte – konnte sie sich auch nicht beschweren. Natürlich hätte sie nie einen von ihnen nah genug an sich herangelassen, um ihr gefährlich zu werden. Sie war zu alt, um romantischen Träumen nachzuhängen. Und ihr Leben war so, wie es war, perfekt. Da war einfach kein Platz für einen Mann.

Ihre beiden ersten Kinder, Kjell und Luna, wussten, wer ihre Väter waren. Und in Kjells Fall gab es inzwischen auch einen Kontakt. Er war 17 und hatte ihr irgendwann keine Ruhe mehr gelassen. Bloß, um nach dem ersten Treffen einigermaßen enttäuscht nach Hause zu kommen. Bei der zweiten Chance hatte Marc es nicht ganz versaut, und so hatten die beiden inzwischen eine sehr zerbrechliche, aber immerhin bestehende Beziehung zueinander aufgebaut. Für Charlotte war das völlig in Ordnung. Solange Marc sich nicht wie ein Arschloch benahm, konnte es schlechteren Kontakt für Kjell geben. Und sie hatte ohnehin das Gefühl, ihm seit ein paar Jahren nicht mehr die Antworten geben zu können, die er manchmal brauchte.

Was Luna anging, so gab es keinen Vater. Sie hatte sich damals ganz bewusst dafür entschieden, dass sie keinen weiteren Mann brauchen würde, um noch ein Kind zu haben. Luna ging mit dieser Erkenntnis entspannt um. Sie hatte es ihr gesagt, als sie zwölf wurde. Und bis heute schien Luna nicht daran gelegen zu sein, sich vielleicht doch auf die Suche nach ihrem biologischen Vater zu machen.

Bei Kyra war das alles so viel schwieriger. Sie hatte einen ruhelosen Geist, war stur wie die Hölle und konnte, wenn sie sauer wurde, dermaßen ätzend sein, dass Charlotte mehr als einmal kurz davor gewesen war, ihr eine zu verpassen. Bislang ging das noch gut. Aber spätestens, wenn das Thema ihres Vaters aufkam, blieb Kyra eine tickende Zeitbombe.

Daran dachte Charlotte, als sie gerade den jährlichen Brief an Tom verfasste. Wie jedes Mal heimlich im Büro und ohne dass Kyra davon wusste. So hatten sie es damals vereinbart, als Tom so unerwartet hereingeplatzt war. Einmal im Jahr, zu Kyras Geburtstag, einen Brief an die sichere Adresse (irgendein Schrottplatz, wie Tom ihr erzählt hatte, was immer er mit einem Schrottplatz zu tun hatte), ein neues Foto, das war's. Und an ihrem 18. Geburtstag würde Charlotte ihr seinen Namen und seine Adresse geben. Was sie dann damit anfing, wäre ihre Sache. Charlotte zweifelte allerdings einmal mehr daran, dass Kyra sich noch solange mit ihren ewigen Ausreden und Nebelkerzen zufriedengeben würde. Sie wurde morgen zwar erst zehn, aber wenn es je ein Mädchen gegeben hatte, das früh in die Pubertät gekommen war, dann Kyra Leibniz, die Zickenkönigin.

Sie lächelte, als sie an den letzten Wutausbruch ihres kleinen Wildfangs dachte. Meine Güte, was für eine Willenskraft, dachte sie nicht zum ersten Mal. Wenn dieses Mädchen es richtig anstellen würde, könnte sie im Leben einfach alles erreichen. Und Charlotte würde ihr, ebenso wie ihren anderen Kindern, dabei zusehen und wissen, dass keine ihrer bisherigen Entscheidungen falsch gewesen war. Was immer auch ihre eigenen Eltern dazu sagten: so und nicht anders würde es weitergehen.

Nach dem üblichen Geplänkel um Schule, beste Freundinnen, verrückte Frisuren oder Klamotten schrieb Charlotte Tom noch, dass Kyra inzwischen eine heftige Leidenschaft für Taekwondo entwickelt hatte. Schon bei der ersten Trainingsstunde war sie Feuer und Flamme gewesen, und nach nur wenigen Monaten konnten sich ihre Schläge und Tritte durchaus sehen lassen. Charlotte musste sich zwar oft das Lachen verkneifen, wenn Kyra wieder einmal eine neue Technik vorführte und dabei mit ihrer immer noch süßen Kleine-Mädchen-Stimme »Kaa!« fiepte. Doch das änderte nichts daran, dass sie einen Mordsrespekt davor hatte, wie schnell Kyra vorankam. Das konnte ja noch was werden, dachte sie sich; und sie schrieb es auch.

Sie wünschte Tom noch alles Gute, steckte den Brief und das Foto von Kyra im Kampfanzug in den Umschlag, klebte ihn zu und adressierte ihn. Dann also bis nächstes Jahr, dachte sie und warf den Umschlag in den Postausgang ihres Büros.

KAPITEL 15

Dienstag, 25.08.2020

Dienstage waren so was von überflüssig. Tamara konnte ja in jedem einzelnen Wochentag einen Sinn erkennen – aber was man an Dienstagen gut finden konnte, war ihr schleierhaft. Kein Wochenende in Aussicht. Keines gerade erst hinter sich, an das man positive Erinnerungen haben konnte. In der Regel keine besonderen Termine. Und restlos niemand auf der Welt würde auf die Idee kommen, sich dienstagabends zu verabreden. Es blieben also nur Arbeit und Privatleben übrig. Und wenn man letzteres nicht hatte (oder wenn, dann immer nur auf Zeit und mit der Aussicht, dass es schneller wieder enden könnte, als es begonnen hatte): Dann blieb nur die Arbeit. Also arbeitete Tamara.

Es war ruhig im Büro. Eigentlich war es im ganzen Amt ruhig. Was nicht einmal daran lag, dass Urlaubszeit war oder besonders wenig zu tun gewesen wäre. Sie hatte, seit sie beim Staatsschutz war, eher das Gefühl, es würden wöchentlich neue Herausforderungen auf die Abteilung einstürzen, ohne dass es nennenswert mehr Leute gab, um sie zu bewältigen. Nein, es lag an den dem Corona-Virus geschuldeten neuen Möglichkeiten: So ziemlich jeder, der wollte, konnte sich inzwischen einen Rechner mit nach Hause nehmen und im »Homeoffice« arbeiten. Ihr Ding war das nicht. Würde es auch nie werden. Sie würde nicht so weit gehen zu unterstellen, dass es nur eine weitere Möglichkeit für die üblichen Kandidaten wäre, noch weniger zu arbeiten. Dazu kannte sie zu viele, die mitunter sogar mehr arbeiteten, wenn sie zu Hause waren. Und gerade für die mit längerer Anfahrt war es ein echtes Geschenk. Doch sie brauchte das Büro. Die Menschen um sich herum, ihr Team. Und nicht zuletzt auch die Infrastruktur, die hier nach wie vor deutlich besser war als daheim.

Mal abgesehen von der Kantine, die immer noch nicht wieder öffnen durfte. Damit wurde dem Standort ein Stückweit die Seele geraubt, fand sie. Die Kantine war einer der Schlüssel des Zusammenhalts in Meckenheim. Der Küchenchef, eine Seele von Mensch, war der kratzbürstigste Mann, den sie je getroffen hatte, und zugleich so herzensgut, dass man ihn, wenn man ihn ein wenig besser kennenlernen durfte, einfach nur knuddeln wollte. Und er hatte es geschafft, die Kantine zu einer echten Institution zu machen. Vom wirklich guten und hochwertigen Essen mal ganz abgesehen: Hier traf man früher oder später alle, lernte neue Leute kennen, kam ins Quatschen, trank auch mal einen Kaffee nach dem Essen und erholte sich im besten Sinne, bevor es wieder ans Arbeiten ging. Ein Vorteil, den man umso mehr zu schätzen wusste, wenn man aus einer komplett zerfledderten Arbeitswelt wie der in Wiesbaden kam, wo Kantinen oft nur noch eine Sage aus grauer Vorzeit waren und man froh sein konnte, wenn man zumindest die Anzahl der einzelnen Standorte kannte. Geschweige denn wusste, wo sie alle lagen.

Tamara sah auf die Uhr. Es war 11.20 Uhr, also bald Zeit fürs Mittagessen. Da sie nicht frühstückte, hing ihr der Magen ständig in den Kniekehlen, wenn es auf Mittag zuging. Sie ging also in die Küche, wusch das Obst und bereitete sich auf ihr Schnippel-Ritual vor, an dessen Ende sie sich eine große Schale Joghurt mit Obst und Haferflocken gönnen würde. Einmal pro Woche verzichtete sie auf die Kantine und gab sich so richtig gesundes Zeug zum Mittag. Und immer öfter schaffte sie es sogar, sich diesen Erfolg nicht dadurch zu versauen, dass sie abends wieder reinholte, was sie bis dahin verpasst hatte.

In der Küche stand Matthias. Der auch wenig vom Homeoffice hielt. Oder natürlich einen anderen Grund hatte, immer dann im Büro zu sein, wenn sie auch da war. Also ständig. Man weiß es nicht, dachte sie. Aber lieb war ihr der Gedanke schon. Ihr gefiel die Vorstellung, dass sie ihn trotz seiner Widerspenstigkeit in Wahrheit deutlich mehr am Haken hatte als er sie.

»Hi«, sagte Matthias. »Hast du von der Geschichte in Düsseldorf gehört?«

»Was meinst du?« Tamara war erleichtert. Wenigstens fing er nicht schon wieder damit an, ihr sein Hin und Her zu schildern, das sie zur Genüge kannte. Wenn sie noch irgendetwas in dieser Richtung von ihm hören wollte, wäre das ein »Hin«, und zwar ein endgültiges. Bis dahin blieb ihr Herz kalt, selbst wenn ihr Bett es nicht immer war. Da musste er jetzt durch.

»Christof rief mich eben an.« Christof Schmieder aus dem Düsseldorfer Polizeipräsidium war Matthias' Teampartner bei den Ermittlungen nach dem von Haehling-

Anschlag gewesen. Die beiden waren inzwischen so etwas wie Freunde geworden. Oder Kumpel. Wer wusste das bei Männern schon genau?

»Sie haben in den letzten Tagen zwei Leichen gefunden. Beide geköpft.«

Tamara wurde hellhörig. »Na, das haben sie ganz sicher nicht alle Tage.«

»Ja, aber das allein wäre noch nicht mal das Interessanteste. Es kommt noch besser. Oder schlimmer, je nachdem, wie man's nimmt: Die Opfer hatten beide einen Bezug zu von Haehling.«

»Bitte was?« Tamara fühlte sich schlagartig um vier Jahre zurückversetzt. Alles war wieder da und baute sich in ihrem Kopf auf, all die Eindrücke und Erfahrungen aus monatelangen Ermittlungen. Matthias war von einer Sekunde auf die andere nicht mehr der Mann, mit dem sie eigentlich ihr Leben verbringen wollte (Doch, auch, klar! Aber nicht jetzt!), sondern eine Informationsquelle. Und die galt es restlos auszusaugen.

»Erzähl schon weiter, verdammt!« Ihre Ungeduld sprühte wie immer Funken, die einem aus ihren Augen förmlich entgegensprangen.

»Na ja, allzu viel haben sie bisher nicht. Aber die Namen Toni Schüttler und Gregor Friedrichs dürften dir noch was sagen, oder?«

Tamara war baff. Sie hörte weiter zu, was Matthias berichten konnte, und war sich sehr bewusst, dass ihre Gedanken sich gleich mehrfach überschlugen. Als Matthias fertig war, war ihr die Spucke vollständig weggeblieben. Sie dankte ihm, eilte in ihr Büro, brachte es kaum fertig, das Obst zu schneiden, und setzte sich dann, Müsli kauend, an ihr privates Tablet. Die Presse gab nicht allzu viel her. Jedenfalls nichts mit Substanz. Wunderte sie nicht. Wenn schon die Kollegen nicht viel wussten, was sollte die Presse dann bringen außer wilden Spekulationen? Sie wühlte mit beiden Händen tief in ihrem Gedächtnis. Doch beide Namen der Opfer brachten nicht viel mehr zum Klingeln als das, was sie aus Matthias' Schilderungen zu ihnen wusste. Ihr Fokus war damals schließlich ein anderer gewesen. Sie hatte sich in die Betroffenen der Tat hineinversetzt; für Personenermittlungen wie zu Friedrichs als potenziellem Mittäter waren andere zuständig gewesen. Eines war ihr allerdings sofort klar: Hier waren zwei Menschen hingerichtet worden, die zu von Haehlings Anschlag beigetragen hatten. Der eine ohne sein Wissen, der andere jedenfalls soweit, dass ihm klar gewesen sein musste, dass er sich an etwas Strafbarem beteiligte.

Von Haehling selbst schied als Täter aus. Das Schwein hatte bekommen, was es verdient hatte. Ein Nachahmer? Möglich, schon wegen der geritzten Zahlen (auch von Haehling hatte seine Morde »nummeriert«, wenn auch nicht sichtbar, sondern nur gegenüber diesem Journalisten, Nüssen oder wie er geheißen hatte); aber dennoch unwahrscheinlich. Welchen Grund hätte ein Nachahmer, sich ausgerechnet Menschen auszusuchen, die mit von Haehling in Verbindung standen, und so die Kollegen direkt zu weiteren möglichen Opfern zu führen? Dazu müsste man entweder sehr dumm oder sehr leichtsinnig sein. Oder sehr gut – was offensichtlich auch der Fall war.

Etwas nagte noch in Tamara. Es war das Gefühl, das sie immer wieder einmal hatte und das sie in ihrem Job so erfolgreich machte. Das Gefühl, das ihr mitten in einer Vernehmung ermöglichte, mit nur einer einzigen Frage, die oft nicht einmal richtig zu passen schien, die Situation zu drehen. Das Gefühl, das sie bei Durchsuchungen zu einer wahren Goldgräberin machte, weil sie noch Revisionsschächte mit Endoskopen absuchen ließ, wenn die anderen schon nach Hause wollten – und darin Kriegswaffen fand. Genau dasselbe Gefühl kam jetzt auf.

Und nagte. Kratzte. Biss! Solange, bis sie sicher war, worauf ihr seltsames Innenleben sie stoßen wollte:

»Verdammt«, rief sie laut aus. »Da will jemand Rache!«

BAND II

WORTLOS

KAPITEL 1

Dienstag, 25.08.2020

Einsamkeit

Farblose Bilder vergangener Tage.
Synthese aus Glück und Leidenschaft.
Und jetzt hier!
Leise rauche ich vor mich hin
und sehe die Notwendigkeit.
Liebe ohne Liebe? Paradoxon.
Trunken vor Gefühlen,
die sich zu widersprechen scheinen.
Und alles in allem
teilnahmslos.
Wozu denken?
Wenn ich meine Sinne zähme, dreht sich alles.
Wo früher Ordnung war – Chaos!
Und eine einzelne Träne
beweint eine Liebe, die ohne Hoffnung war.
So sehe auch ich endlich ein,
dass träumen … eben träumen ist!
Wo ist der Schmerz?
Schlaflos, kopflos, wortlos warte ich.
Am Leben.
Nie gekannte Gefühle fluten, Gezeitenstrudel.

Auf und ab.
Ich bin allein. Allein!
Kraftvoller Sog, zehrend.
Und das Morgen als Vakuum.
Einziger Vertrauter:

Einsamkeit!

Bedachte man, dass er das Gedicht mit 22 geschrieben hatte, war es gar nicht völlig beschissen. Und doch waren es zu viele hohle Worte gewesen, so wie eigentlich bei allem, was er damals geschrieben hatte. Das einzig Gute an dem Gedicht war sein Motiv: Einsamkeit.

Patrick Zanner verlor sich gerade in Lenny Kravitz' »I belong to you« und las seine alten Tagebücher in der Hoffnung, irgendetwas zu finden, das es ihm ermöglichen würde, nach vorn zu schauen. Bisher blieb es eine Schnapsidee. Er konnte einfach nicht so tun, als hätte es die letzten 21 Jahre nicht gegeben. Als hätte es sie nicht gegeben.

Zumindest konnte er es noch nicht. Das »Zurück zu den Wurzeln«-Ding würde also nicht funktionieren. Weil er inzwischen weitaus tiefere Wurzeln geschlagen hatte, als er sie damals für möglich gehalten hatte. Und man diese Wurzeln brutal aus ihrem Erdboden, ihrem Fundament, aus jeglichem Halt gezogen hatte. Aus seiner Familie. Die es dank ihm nicht mehr gab.

Genau wie die beiden Arschlöcher, die ihm damals geholfen hatten. Tote Arschlöcher! Und bald würde auch seine Frau sterben. Ein Jammer, dass dieser Bastard all das nicht selbst miterleben konnte. Bei den anderen sah das ganz anders aus. Vielleicht wussten sie sogar schon, dass jemand kommen würde, um auch sie zu holen. Und wenn nicht, würden sie es wissen, wenn ihr Schicksal vor ihnen stünde. Für den Bruchteil einer Sekunde. Dann wären auch sie tot. Und seine Familie gerächt.

Patrick fühlte etwas. Endlich.

Am Leben.

KAPITEL 2

Dienstag, 25.08.2020

Nichts.

Verdammt noch mal, das konnte doch nicht wahr sein!

Paulus raufte sich den inzwischen schon nicht mehr Dreitagebart und fuhr sich anschließend mit der flachen Hand über das Gesicht, um damit zu enden, mit Daumen und Ringfinger der linken Hand beide Augenbrauen zu reiben. Wenn er nervös nachdachte, konnte es wirklich auch der Letzte deutlich sehen. Und er war nervös. Denn noch immer hatten sie viel zu wenig, was sie der Aufklärung der beiden Morde näherbringen würde. Auch bei Friedrichs gab es keine brauchbaren Spuren, mit Ausnahme eines Teilschuhabdrucks, der gut vom Täter stammen konnte. Und auch hier keine Zeugen.

Die Verbindung zwischen beiden Taten war mehr als offensichtlich. Die Verbindung der beiden Opfer ebenfalls. Sie suchten nach einem Mann, der nicht etwa wahllos Menschen tötete, sondern solche, die mit von Haehlings Taten zu tun hatten. Durch die ganze Berichterstattung und das Niessen-Buch war es leider relativ einfach, den einen oder die andere davon auf den Schirm zu bekommen. Damit konnte man das Täterfeld also schon mal nicht eingrenzen. Und sie suchten einen Mann, der für seine Morde eine höllisch scharfe Waffe verwendete. Bei dem

Thema waren sie gut vorangekommen. Sie kannten inzwischen so ziemlich jeden Hersteller echter Schwerter, Dolche und was man sich sonst noch an gefährlichem Spielzeug wünschen konnte, der etwas auf sich hielt. Jedenfalls aus Deutschland. Und es war tatsächlich so, dass die Kunden weitgehend registriert wurden. Natürlich konnte man seine Hand dafür nicht in jedem Fall ins Feuer legen; aber es war ein Anfang.

Sie hatten mit Unterstützung der jeweils örtlich zuständigen Kollegen quer durch die Republik heute schon eine ganz passable Menge an Besitzern geeigneter Waffen zusammengetragen, deren Daten konsequent durch alle Datensysteme gejagt wurden. Wirklich interessante Treffer waren bisher nur wenige dabei. Davon zwei in der näheren Umgebung. Zu denen schon Vernehmungsteams unterwegs waren. Paulus versprach sich, dem guten Vorankommen und der vielen akribischen Arbeit zum Trotz, wenig davon. Irgendwie spürte er, dass diese Spuren sich alle totlaufen würden. Doch es half nichts, sie hatten ja nichts anderes. Und er hatte sich oft genug im Leben geirrt.

Es war bereits 20.30 Uhr. Doch noch immer war niemand aus seinem Team nach Hause gegangen. Sie hatten alle gemeinsam Pizza bestellt, etwas gegessen und sofort weitergearbeitet. Wie so oft, wenn die Luft richtig brannte. Zu tun gab es mehr als genug: Sie werteten alles an Daten aus, was sie bekommen konnten, von den Handydaten der Opfer bis hin zu den Funkzellendaten der jeweiligen Tatorte. Sie hatten alles an CCTV*- Material gesichert, was im nahen und mittleren Umkreis der Fundorte der Leichen

* CCTV: »closed circuit television«, Fachbegriff für Videoüberwachungstechnik.

vorhanden war, und werteten auch dieses aus. Sie hatten so ziemlich alles an Freunden, Familienmitgliedern und Nachbarn der Opfer befragt und bei Bedarf vernommen. Doch bislang blieb es dabei: Sie hatten nichts, was wirklich »heiß« wäre.

Er brauchte eine Denkpause. Im Keller des Präsidiums stand ein großer Metallbehälter, in dem VS*- Material – also praktisch alles, was sie hier schriftlich produzierten – entsorgt wurde. Dorthin machte er sich auf den Weg, den über Monate angesammelten Karton voller Vermerkentwürfe, Lagebilder, Vernehmungen und was sonst noch alles nicht in den normalen Papierkorb durfte, unterm Arm. Dessen Entsorgung würde ihn für fünf bis zehn Minuten aus dem Trubel herausnehmen, und er könnte seine Gedanken sortieren.

Der Keller war, wie erwartet, leer. Paulus betrat den Lagerraum und begann, die Papiere in kleinen Stapeln durch den Schlitz zu werfen. Als sich die Tür hinter ihm öffnete. Es war Aury. Wunderbar, dachte er nur. So viel zur Denkpause.

Aury war seinetwegen hier, das war offensichtlich. Sie hatte ihn den ganzen Tag lang so was von ignoriert, dass es nicht nur für ihn auffällig gewesen war. Und seit gestern Abend hatte er keine Nachricht mehr von ihr erhalten. Wahrscheinlich würde er jetzt erfahren, wieso. Müsste er wetten, würde er auf »Bremse endgültig treten« setzen. Und auch die Erklärung hätte er praktisch für sie vorschreiben können. Doch er wollte es von ihr hören.

---

* VS: Verschlusssache.

»Martin, ich …«, begann sie, nicht im Ansatz so cool und stolz, wie sie im Büro immer wirkte. Nein, eigentlich wollte er es doch nicht von ihr hören.

»Spar es dir, Aurelie.« Er nutzte ihren Namen in Langform. Momente wie diese ließen keine Abkürzungen zu.

»Es ist mir doch klar. Ich hätte dir all das hier vorher aufschreiben können, glaub mir, exakt dieses Ende hätte dringestanden. Und ich kann dich verstehen. Du musst mir also nichts erklären. Was kann ich …«

»Kannst du auch mal für eine Sekunde die Klappe halten?« Aury sah ihn mit gespielter Härte an, unter der sich leichte Belustigung verbarg. Und noch etwas anderes, das er nicht einsortieren konnte. Und ihn verwirrte.

»Entschuldige«, sagte er und entschied, es bei diesem einen Wort zu belassen. Manchmal war Schweigen dann doch die schlaueste Art zu kommunizieren.

»Ich bin wegen etwas ganz anderem hier. Auch wenn es sein kann, dass wir auf deinen sicher aufregenden Monolog noch mal zurückkommen müssen. Aber ich muss das jetzt einfach tun, sonst drehe ich noch durch!«

Sie ließ ihm keine Chance, sich vorzubereiten. Nicht einmal eine Sekunde, um bei der Vorstellung dessen, was passieren würde, Endorphine durch seine Blutbahnen jagen zu können wie die neueste Phantasialand-Attraktion. Es war nicht die Spur dessen, wie er es sich gewünscht hätte. Es war gemein. Es war unfair.

Es war ein Traum, aus dem er niemals aufwachen wollte. Sie küssten sich endlos. Und als sie sich irgendwann voneinander lösen konnten, mit erhitzten Gesichtern und ziemlich schnellem Atem, sah Aury ihn an. Diesmal erkannte er das Gefühl, das er vorhin nicht in ihren Augen hatte lesen können, deutlich. Es war Angst.

»Scheiße«, sagte sie. Dann ging sie ohne ein weiteres Wort aus dem Raum und ließ ihn stehen. Mit gefühlt 50 Grad Körpertemperatur und einem Gehirn, in dem außer einem gewaltigen Fragezeichen und der Zahl 42 nichts mehr übrig war.

KAPITEL 3

Dienstag, 25.08.2020

Aury brannte. Lichterloh. Verdammt, sie hätte Steaks auf ihrer nackten Haut grillen können. Jedenfalls gefühlt. Sie hatte so gehofft. Mit ihrer schlauen Strategie hatte sie sich seit gestern das Leben eher zur Hölle gemacht. Bei aller Konfusion schien ein zu starker Teil in ihr jedenfalls nicht nichts von Martin zu wollen, und das hatte sie von Minute zu Minute mehr gespürt. Sie hatte sich dennoch am Riemen gerissen, um Martin den ganzen Tag lang zu ignorieren, so gut es eben ging. Während permanent ein garstiges, wildes Weibsstück in ihr schrie und zeterte, dass es rauswolle, um sich an seine Brust zu werfen. Grundgütiger, so kannte sie sich überhaupt nicht.

Und dann diese Kurzschlussreaktion. Als sie sah, wohin er gehen würde, hatte sie kaum nachgedacht und ihren Instinkt entscheiden lassen. Der ihr kalt lächelnd sagte: Küss ihn einfach! Entweder ist es scheiße, und du hast den besten aller Gründe, um dich zu verabschieden. Oder es ist genauso, wie du es die ganze Zeit vermutest. Dann sitzt du in der Klemme, kannst aber wenigstens mit dem Affentanz aufhören. Sie wollte, dass es ein schlechter Kuss sein würde. Es hätte alles so viel einfacher gemacht. Doch es war keiner. Es war, und das konnte sie sich ohne jeden Zweifel eingestehen, der mit Abstand beste Kuss ihres

Lebens. Martin hatte so etwas mal angedeutet. Sie hatte das damals für arrogant gehalten.

Pustekuchen! Denn sie wusste, was sich da in ihrem Inneren zusammenbraute. Die körperlichen Symptome: geschenkt. Bloß geil zu sein, wäre nicht ihre Sorge gewesen. Verliebt zu sein aber schon! Verliebt in einen verheirateten Mann. Das konnte zu nichts anderem führen als ins Elend. Dagegen musste sie sich wehren. Falls noch irgendwo die nötige Kraft in ihr war. Als ob, höhnte das lästige Weibsstück in ihr.

Als sie wieder auf dem Flur ankam, machte sie sich einen Tee, setzte sich vor den Bildschirm und sah sich weiter mit aller Konzentration, die sie aufbringen konnte, die ihr zugeteilten Videos an. In der Hoffnung, auf eine Spur zu stoßen, die sie von diesem irren Dilemma in ihrem Kopf ablenken würde. Und wenn sie bis morgen früh hier sitzen musste. Drei Stunden später qualmte ihr Kopf. Und sie wünschte sich wirklich, er täte es nur sprichwörtlich. Doch sie hatte ernsthaft das Gefühl, ihn in kaltes Wasser tauchen zu müssen, bevor er abfackeln würde.

Videoauswertung war ein kompliziertes Geschäft. Wenn die Menschen wüssten, wie kompliziert, würden all die Dummschwätzer, die so gern »Überwachungsstaat« krakeelten, endgültig die Klappe halten. Klar, sie hatten mittlerweile halbwegs vernünftige Software. Man konnte Sequenzen zum Beispiel schneller ablaufen lassen, um nicht stundenlang das gleiche Bild ansehen zu müssen, auf dem sich rein gar nichts tat. Aber die Realität war nicht Tony Starks Labor – weder hatten sie eine KI, die ihnen die Arbeit abnahm, noch Suchalgorithmen oder gar Möglichkeiten des Bilderabgleichs, die ihnen das Leben leichter machen würden. Jeder Dreizehnjährige mit gesundem Basiswissen konnte mehr mit seinem Computer als die Polizei. Für die blieb das hier, was es war: gute, alte Handarbeit!

Aury hatte sich durch etwa ein Zehntel der Videos gekämpft, die im Videoverwaltungsprogramm auf sie als Sachbearbeiterin ausgezeichnet waren. Das war wiederum nicht einmal ein Zehntel der Videos, die sie insgesamt gesichert oder die die Menschen ihnen nach dem Hinweisaufruf zugeschickt hatten. Hier ging es um Mord, und wenn man wenig bis gar nichts hat, klammert man sich an jeden Strohhalm. Also auch an die Möglichkeit, auf irgendeiner Überwachungskamera einer Tankstelle oder eines überwachten Platzes etwas ansatzweise Verdächtiges zu finden. Oder jemanden, der verdächtig wirkt. Nicht viel, klar. Aber eine Chance.

Aury sah auf die Uhr. Es war schon nach Mitternacht. Zeit, nach Hause zu gehen. Ein Video noch, dann hätte sie eines ihrer Pakete für heute erledigt. Und es war auch kein langes Video, sondern nur 14 Sekunden. Aury rätselte. Es musste also ein Video sein, das ihnen jemand zugeschickt hatte. Videos aus Bahnhöfen oder von Tankstellen zum Beispiel wären für die ganze Nacht gesichert worden. Kürzere Videos hingegen stammten in aller Regel von Hinweisgebern. Aber so kurz? Seltsam!

Aury drückte auf »Play«. Eine normale Wohngegend. Es war dunkel. Man sah einen Vorgarten, eine Zuwegung, dahinter die Straße und dann die Häuser auf der gegenüberliegenden Seite. Als würde jemand den Bereich vor seiner Haustür überwachen. Was verboten war. Eigentlich. Manche taten es dennoch. Unsicherheitsgefühle konnten so manche Menschen über ihre rechtlichen Bedenken hinwegtragen. Ein Fahrrad fuhr die Straße entlang, es kam von rechts nach links gefahren. Darauf eine Gestalt, von der Größe her eher ein Mann, mit dicker Jacke, einer Mütze und einer umgehängten Sporttasche. Aury spulte zurück. Sah sich das Video noch einmal an. Und noch einmal. Dann war sie sicher: Das hier konnte etwas sein.

Sie wühlte sich durch die Daten, um herauszufinden, woher das Video stammte. Und tatsächlich: Ein Hinweisgeber hatte sich gemeldet und das Video über das Portal hochgeladen. Der Text dazu lautete:

Sehr geehrte Damen und Herren, selbst auf die Gefahr hin, meinerseits bestraft zu werden, da mir bewusst ist, dass es diese Aufnahmen nicht geben dürfte, sende ich Ihnen diese Sequenz zu. Sie stammt aus der Kamera über unserer Haustüre. Als ich von dem Mord hörte, habe ich die Aufnahmen aus dieser Nacht überprüft. Nach Mitternacht fährt nur selten jemand durch die Straße. Und ein Fahrrad um halb drei morgens fällt natürlich auf. Daher schicke ich Ihnen das Video zur Überprüfung. Man weiß ja nie. Für Rückfragen stehe ich gern zur Verfügung. Hochachtungsvoll, J. Neuhaus.

Die persönlichen Daten des Hinweisgebers waren ebenfalls verzeichnet. Das Haus stand in der Kurt-Schumacher-Straße in Grevenbroich. Verdammt nah am Wohnkomplex in der Hans-Böckler-Straße, in dem Toni Schüttler lebte. Und tot aufgefunden worden war. Sie hatte da was. Dessen war sie sich fast sicher. Doch das änderte nichts daran, dass es auf 1 Uhr zuging. Und sie dringend Schlaf brauchte. Für das Video war morgen auch noch Zeit. Sie verließ das Präsidium und machte sich auf den Heimweg. Mit sich permanent überschlagenden Gedanken, die zwischen einem Kuss und einem Hinweis, einem Hochgefühl, nackter Panik und ehrlicher kriminalistischer Aufregung hin und her schwankten.

Was für ein irrer Tag!, dachte sie nur, als sie sich zu Hause an Lars kuschelte und vergeblich versuchte, ihre Gefühle endlich wieder diesem Mann zuzuwenden.

KAPITEL 4

Mittwoch, 26.08.2020

Tamara war mächtig hibbelig. Sie kaute an einem ihrer Fingernägel, bis sie Kerims hochgezogene Augenbraue bemerkte, sich ertappt fühlte und es sein ließ.

»Tamara, chill mal«, sagte er. »Das ist nicht unser Verfahren. Die Kollegen wissen und können nicht weniger als du, okay?«

»Weiß ich doch. Darum geht's auch nicht. Mich nervt nur, dass ich so ein bescheuertes Gefühl habe und genau weiß, dass ich damit niemandem zu kommen brauche.« Sie hatte den gestrigen Tag, soweit ihre Zeit es zuließ, bis in den späteren Abend hinein damit zugebracht, in den alten Verfahrensakten der BAO »Drohne« zu stöbern. Unter diesem Namen waren damals im BKA die Ermittlungen zum von Haehling-Anschlag geführt worden. Wenn es irgendjemanden gab, der mit diesen Taten Rache üben wollte, dann ein Betroffener oder Opfer-Angehöriger. Und zu all diesen Menschen hatte sie damals eine sehr saubere Ablage erstellt, auf die sie nach wie vor Zugriff hatte.

Das Problem war nur: Bei allein 32 Todesopfern, mehr als 500 Verletzten, Aberhunderten traumatisierten Menschen, Knallzeugen und all jenen, die sich mehr oder weniger nur betroffen fühlten, ohne es unmittelbar gewesen zu sein, gab es laut der Betroffenenliste theoretisch genau 1.743 Menschen, die einen Grund hatten, Thomas von Haehling und das, was er getan hatte, zu hassen. Wo sollte sie da anfangen?

Die beiden Opfer verband auch zu wenig, um damit voranzukommen. Der eine hatte von Haehling eine Garage vermietet und war am Ende nicht einmal als Unterstützer angeklagt worden. Der andere hatte durch seine entscheidende Hilfe den Drohnenanschlag erst möglich gemacht und war dafür verurteilt worden. Juristisch also Welten voneinander entfernt. Praktisch gesehen hatten sie ihm allerdings beide geholfen. Der eine mehr, der andere weniger. Jedenfalls aus der Sicht von Außenstehenden.

Was noch? Der eine hatte sein beschauliches Leben weitergeführt und war nach dem ersten Medienrummel ganz schnell wieder von der Bildfläche verschwunden. Der andere war immer wieder Thema der Medien, bis zum Urteil; danach saß er seine restliche Zeit ab und dürfte, wenn sie das richtig in Erinnerung hatte, noch gar nicht allzu lange wieder draußen gewesen sein.

Was noch, verdammt? Aber ja: Sie tauchten, mit Fantasienamen natürlich, in Niessens Buch auf. Darin erhielt Schüttler sogar eine deutlich größere Rolle, als er sie in der Realität wohl gehabt hatte. Niessen war Polizeireporter, das Spiel mit Halbwahrheiten und Mutmaßungen war ihm nicht fremd, und in einem Buch, das »basierend auf« titelte, konnte – und musste! – er sich seine Freiheiten nehmen. Auch dort blieb es aber dabei, dass beide Opfer von Haehling geholfen hatten, seine Tat unentdeckt vorzubereiten – und, in Schüttlers Fall, auch die früheren Morde in Ruhe zu feiern. Wenn man Niessens Buch Glauben schenkte, in seiner ziemlich skurrilen Porno-Garage auf Schüttlers Areal. Das war zu wenig. Oder?

Was war mit dem Täter? Schwertkämpfer? Oder bloß Waffenfreak? Jedenfalls ganz bestimmt jemand, der sich seiner Sache sicher war. Er (oder sie) musste gut und erfahren genug sein, um zu wissen, dass nichts schiefgehen konnte. Immerhin ging es um Mord. Jeder Trottel wusste, dass die Polizei bei Morden alles auffährt, was geht. Allein schon ein einziger, durch zufällig in der Gegend spazierende Passanten gehörter Schrei hätte reichen können, um für immer in den Bau zu wandern.

Also nein, sicher kein tumber Waffenfreak. Sondern ein Kämpfer! Jemand, der gelernt hatte, seine Waffe gezielt und tödlich einzusetzen. Turnierfechter fielen wohl aus. Sie lachte kurz bei der Vorstellung, wie einer dieser flexiblen Säbel mit voller Wucht an einen Hals geschlagen wurde und kurzerhand im Fleisch steckenbleiben würde. Saukomisches Bild. Aber makaber, also gar nicht witzig, ermahnte sie sich. Das Bild ging ihr dennoch nicht sehr schnell aus dem Kopf, und sie schmunzelte weiterhin.

Also härter. Kampfsportler. Kung Fu? Ninjutsu? Ein Katana wäre eine Möglichkeit. Vielleicht sogar die beste. Elegant, schnell, effektiv. Und, richtig geschmiedet, ganz sicher hart genug. Aus Düsseldorf wusste sie, dass man dort schon alle entsprechenden Hebel in Bewegung gesetzt hatte. Sie hatte ein Telefonat mit Martin Paulus geführt, der die Ermittlungen leitete. Sie kannte ihn von damals, flüchtig jedenfalls. Er hatte ihr nur wenig Zeit eingeräumt, sich aber immerhin angehört, was sie zu sagen hatte. Die

Rachetheorie hatten sie bisher nicht verfolgt. Er hielt sie auch nicht für völlig abwegig, jedenfalls sagte er das. Sie hatte allerdings das Gefühl, dass seine Prioritätenliste sich nach ihrem Anruf nicht wahnsinnig verschieben würde.

Immerhin hatte er ihr aber grob gesagt, was sie wussten. Ihr angekündigt, dass das Präsidium sehr zeitnah die relevanten Aktenbestandteile aus den Anschlagsakten zu den beiden Opfern anfordern würde. Und ihr zugesagt, dass man sie anrufen würde, wenn es bei den dortigen Ermittlungen vielversprechende Namen gäbe, damit sie in den Abgleich mit ihrer Opferliste gehen konnte. Manuell. Denn die Namen der Betroffenen waren natürlich nicht in irgendwelchen polizeilichen Systemen gelandet. Mehr hatte sie von Paulus erst mal nicht zu erwarten. Und auch ansonsten konnte sie eigentlich nur warten. Oder aber …

Ihr Jagdtrieb war jetzt voll erwacht. Zwei Minuten später saß sie bei ihrem Referatsleiter im Büro. Krüger war noch sehr jung, ein Kriminaloberrat, der seine Jugend durch den mächtigen Hipsterbart zu kaschieren versuchte, den er eifrig pflegte. Aus Tamaras Sicht half ihm das rein optisch überhaupt gar nicht. Aber er war ein grandioser Chef, fachlich topfit und menschlich einfach nur spitze. Nachdem sie kurz bei Joe war und sich sein Okay abgeholt hatte (auch wenn er sie wissen ließ, dass sie keine einzige Minute ihrer eigentlichen Arbeit drangeben durfte), war das hier der schwerere Gang.

»Was kann ich für dich tun?«

Sie erklärte ihm in der gebotenen Kürze, was sie vorhatte: außerhalb ihrer normalen Arbeitszeiten in den Altbeständen der BAO Drohne nach möglichen Tätern zweier

Morde in Düsseldorf zu suchen. Schon als sie es ausgesprochen hatte, war ihr klar, dass sie keine Chance hatte.

»Tamara, ich kann dir dafür keine Mehrarbeit anordnen. Das ist die Arbeit der dortigen Kollegen. Nicht deine!«

»Ich weiß. Aber die sind nicht hier, ich schon. Ich kenne die Liste. Ich weiß, wonach ich suchen muss. Theoretisch zumindest. Und die Düsseldorfer konzentrieren sich bisher voll auf die aktuellen Opfer. Deren Fokus ist ein ganz anderer, und das verstehe ich auch. Chef! Die glauben, es könnte weitere Morde geben!«

»Ja, aber keine, bei denen wir die Ermittlungen führen. Es bleibt dabei: keine Überstunden dafür. Tut mir leid. Keine Diskussion.«

Sie war kurz davor, sauer zu werden, besann sich aber. Er machte nur seinen Job und er hatte ja recht. An der Stelle konnte er nicht aus seiner Haut. Traurig war sie dennoch. Und unruhig. Sie hatte das Gefühl, sie müsste es einfach tun. Mit hängenden Schultern ging sie aus seinem Büro.

»Tamara?«, rief er ihr hinterher.

»Ja?« Sie drehte sich noch einmal um und sah ihren Chef mit erwartungsfrohem Grinsen im Gesicht dort sitzen.

»Ich kann dir natürlich nicht vorschreiben, wo du dich außerhalb deiner Dienstzeiten so rumtreibst.«

Sie verstand. »Danke, Chef!« Innerlich jubelnd stolzierte sie zurück in ihr Büro. Jetzt musste sie nur noch bis Feierabend ihre Arbeit machen, und es konnte losgehen.

KAPITEL 5

Mittwoch, 26.08.2020

Niessen war zu alt für den Quatsch. »Premiumpartner«, ihr habt sie doch nicht alle. Warum zum Teufel hatte er sich überhaupt darauf eingelassen? Cla-haire …, schallte es ihm höhnisch von innen entgegen.

»Jajaja!«, antwortete er laut zu sich selbst. Claire zu vergessen, sie sprichwörtlich zu überwinden und sich endlich Neuem zu widmen, das wäre was. Sie hatte ihm öfter das Herz gebrochen, als gut für ihn war, und am Ende einmal zu oft. Monatelang war sie für ihn da gewesen. Es war unbeschreiblich. Sie hatte an seinem Bett gesessen, als er damals aufgewacht war, halb tot, verbrannt und sicher kein schöner Anblick. In all der Zeit danach waren sie sich näher denn je gewesen. Emotional. Körperlich wäre damals alles, was auch nur einer Berührung nahekam, eine schmerzhafte Herausforderung gewesen. Sie hatte ihn bestärkt, das Buch zu schreiben, hatte für ihn Korrektur gelesen, ihm gute Ideen eingegeben oder ihm schlechte ausgeredet. Sie war seine Freundin, seine Partnerin, seine Liebe gewesen.

Um ihm am Ende, als alles vorbei und er so weit geheilt war, wie es nur möglich war, zu gestehen, dass sie es nur aus Mitleid getan hatte. Dass Liebe nie ihr Antrieb gewesen war. Dass sie nur sicher sein wollte, dass es ihm gut gehen würde. Und damit, nach einem sehr heftigen Streit, in dem er einige wirklich unschöne Dinge gesagt hatte, war sie gegangen.

»I can't make you love me« in George Michaels Unplugged-Version war das Lied, das er mit diesem Abschied verband. Ein weiterer Song auf seiner ewigen Hitliste, der nur auf den richtigen Moment gewartet hatte, um sich endgültig zu einem Teil seines Lebens zu machen. Dieser Moment war gekommen, als ihm klar war: Er würde Claire nie wiedersehen.

»I can't make you love me if you don't.
You can't make your heart feel something it won't.«

Doch er liebte sie immer noch. Ein wenig. Und tief vergraben. Aber bis heute. Also hatte er sich auf diesen Online-Dating-Quatsch eingelassen. Und heute, eine Woche nachdem er sich dieses Profil angelegt hatte, wollte er einfach nur nachsehen, ob sich überhaupt irgendjemand melden würde. Stattdessen blickte er erst einmal nicht durch. Da waren um die 40 Nachrichten in seinem Postfach. Sicher 90 Prozent davon Spam, wie überall im Internet. Wieso solche teuren Plattformen sich nicht mal eine ordentliche Virensoftware leisten konnten, um so etwas zu verhindern, war ihm schleierhaft.

Aber welche der Nachrichten konnte er jetzt gefahrlos öffnen, fragte er sich. Er scrollte durch die Voransichten. Anhand der Fotos auszuwählen, wäre sicher dämlich. Die Virus-Dinger würden natürlich nur die schönsten Bilder verwenden. Also Finger weg. Und lieber die ansehen, bei denen das Bild noch verschwommen war. Die Betreffzeilen waren meist eher nichtssagend, von »Hey Süßer«

über »Neu hier?« bis hin zu … Moment, die hier war doch gut: »Endlich einer, der nicht aus Spaß hier ist.« Na, wenn das keine vernünftige Ansage war. Er öffnete die Nachricht. Drei Minuten später war er quasi schon schockverliebt. Und betete, dass sich hinter dem vernebelten Foto eine Frau verstecken würde, deren Äußeres zu dem hinreißenden Innenleben passte, das sich ihm in der Nachricht offenbart hatte. Er antwortete, wie er hoffte, mit der gebotenen Mischung aus Nonchalance, zurückhaltender Selbstsicherheit und ernsthaftem Interesse, die er in freier Rede nie im Leben zustande bringen würde. Dann klappte er den Rechner zu und widmete sich seinem Spiel.

Die Tischtennisplatte war einer der wenigen Gegenstände, die er überhaupt mit übersiedelt hatte, als er diese Wohnung bezog. Und noch immer war sie sein Ein und Alles, wenn es ums Nachdenken ging. Dieser zweite kopflose Tote war schon eine heftige Story. Wäre Niessen noch Reporter, würde er gerade die halbe Stadt nervös machen. Doch auch dafür war er inzwischen zu alt. Oder, um der Wahrheit die Ehre zu geben: Er war zu bequem geworden. Heutzutage reichte es ihm, spannende Kriminalfälle aus der Ferne zu betrachten. Erstens war es sicherer. Diese Lektion hatte er unter bitteren Schmerzen gelernt. Und zweitens war das mehr als genug, um gute Bücher daraus zu machen. Auch das hatte er gelernt. Also ließ er seiner Fantasie freien Lauf und ging schon mal die Kapitel durch, die er heute noch schreiben würde – sobald er sich vom Tischtennisspiel gegen sich selbst lösen könnte.

Klack-klack.

KAPITEL 6

Mittwoch, 19. Februar 2014

Tom fuhr gerade auf der A8 an Wels vorbei. Die Hälfte hatte er geschafft. Zwei Stunden etwa würde es noch dauern, bis er in der Steiermark ankam. Er hatte sich unter dem Vorwand, ein paar Tage zu brauchen, um den Kopf klar zu kriegen, am Sonntag allein in ihr Ferienhaus, die Waldburg, nach Bayern aufgemacht. Bei der Stimmung, die zwischen Isabelle und ihm schon seit dem Jahreswechsel herrschte, hatte selbst sie das für eine gute Idee gehalten. Was sie nicht wusste, war, dass er etwas ganz anderes brauchte: Morgen würde er endlich seine Tochter kennenlernen. Zwölf Jahre alt wurde sie. Und sie war ihrer Mutter scheinbar so lange auf die Nerven gegangen, bis Charlotte keine Wahl mehr gehabt hatte und einem Treffen zustimmte.

Der jährliche Brief war in diesem Jahr etwas früher gekommen, und Charlotte hatte ihm – man konnte die Zerknirschtheit förmlich aus den Zeilen herauslesen – geschrieben, dass Kyra ihn so schnell wie möglich sehen wolle. Ob er eine Chance hätte, zu ihrem Geburtstag zu kommen. So kannte er Charlotte, so wenig er auch von ihr wusste: Sie war eine Pragmatikerin durch und durch. Wenn sie schon verloren hatte, machte sie das Beste draus, nämlich eine Riesen-Geburtstagsüberraschung für ihre Kleine.

Tom war vorbereitet. Er hatte sich im Internet den passenden Laden gesucht und würde dort, nachdem er im Hotel eingecheckt hatte, einen Sandsack und eine Boxbirne für Kyra kaufen. Beides Dinge, die Charlotte ihr nie im Leben schenken würde, das schien ihm fast sicher. Aber eine so begabte kleine Kämpferin musste man doch einfach fördern.

Dennoch: Er hatte eine Scheißangst. Kyra wollte ihn kennenlernen, ja. Doch was dann? Er kannte sie nicht, er wusste nur, was Charlotte ihm geschrieben hatte. Und er hatte alles verpasst, einfach alles. Nüchtern betrachtet, war er ein Fremder für sie. Er hatte absolut keine Ahnung, wie man ein Vater war. Und wusste nicht einmal, ob er dazu bereit war. Solche Selbstzweifel hatte er nie gekannt. Und trotzdem hätte er um keinen Preis der Welt die Chance verpasst, Kyra morgen zu treffen.

»Kein Name, verstanden?«

Gleich mehrfach hatte Charlotte darauf bestanden, als sie kürzlich telefonierten, um die Details seines Besuchs zu besprechen. Wenn Charlotte auch zugestimmt hatte, dass die beiden sich kennenlernen würden, blieb sie dennoch ganz die Mutter, die sie war. Sie wollte die Kontrolle behalten, und Tom verstand das nur zu gut. Würde Kyra seinen vollen Namen kennen, wäre es über kurz oder lang sicher kein Problem für sie, ihn zu finden, wenn sie es denn wollte. Wozu aus Charlottes Sicht das Risiko eingehen? Dazu war noch genug Zeit, wenn Kyra ein paar Jahre älter geworden war. Für morgen wäre er also einfach nur Tom. Und, was viel wichtiger war: Er würde ihr Vater sein. Und wenn nicht schon morgen, dann später. Irgendwann. Tom spürte ein inneres Kribbeln, das ihn beinahe anhalten ließ. Es zog sich quer durch seine Eingeweide, er schauderte. Vorfreude, Furcht und eine unbestimmte Sehnsucht mischten sich zu einem Gefühl, das ihm bisher unbekannt und einzigartig war.

Anders, dachte er. Anders – aber nahe dran.

Er dachte an Sebastian Kraft – sein jüngstes Opfer, das er vor wenigen Monaten reichlich qualvoll getötet und zum Ausbluten aufgehängt hatte wie das Schwein, das der Typ gewesen war – und lächelte.

KAPITEL 7

Mittwoch, 26.08.2020

Aury gähnte herzhaft. Nur vier Stunden Schlaf, das war Hardcore. Nachdem sie gegen 1 Uhr das Büro verlassen und eine halbe Stunde später im Bett gelegen hatte, konnte sie zunächst alles, aber keinen Schlaf finden. Nachdem sie beim kurzen Gedanken an Martin diesen zugleich verflucht und herbeigesehnt hatte, musste sie irgendwann zwischen 3 und 3.30 Uhr endlich in den Schlaf gesunken sein.

Um 7.30 Uhr klingelte dann der Wecker. Und sie war schlagartig hellwach. Jedenfalls der Teil in ihr, der fürs Denken zuständig war. Ihr Körper lag erst mal eine Weile hilflos da wie Gregor Samsa. Als sie es endlich geschafft hatte, ins Büro zu kommen, war ihr Plan gereift: bei nächstbester Gelegenheit mit Martin sprechen, ihm sagen, dass es bei diesem einen Kuss bleiben würde – und sich bis an ihr Lebensende in den Arsch beißen, weil sie vielleicht vor lauter Angst zu verlieren den besten Kerl von der Leine ließ, der jemals angebissen hatte. Trotzdem, sagte sie sich, alles besser als zu verlieren!

Ihr zweiter Plan war: Arbeit, Arbeit, Arbeit. Sie war ja gestern Abend auf die Video-Sequenz gestoßen, die sie sich heute noch einmal in Ruhe ansehen wollte. Mit etwas Glück hatten sie da was. Wenn auch nicht viel. Sie fuhr den

Rechner hoch. Als Martin das Büro betrat. Er sah sie mit 1000 Fragen im Blick an. Doch sie wusste sofort, dass sie heute nicht die Kraft dazu aufbringen konnte.

»Martin, bitte. Ich weiß. Aber ich kann das heute nicht. Gib mir den einen Tag, okay? Morgen reden wir.«

Martin brachte ein eher dünnes, aber verständliches »Okay« hervor und verließ das Büro.

Verdammt, wenigstens könntest du dich mal ein bisschen wie ein Arschloch aufführen, dachte sie bei sich. Aber nicht einmal diesen Gefallen wollte er ihr tun. Sie seufzte, öffnete das Videoverarbeitungsprogramm und suchte ihre Szene. Da war sie. Aury starrte auf den Bildschirm, in der Hoffnung, mit frischem Blick bestätigen zu können, was ihr gestern im »Lieber erst mal schlafen«-Zustand noch zu wacklig gewesen war. Und tatsächlich! Das hier war etwas. Es musste etwas sein. Sie rief Ramon.

»Was'n los?«, fragte er. Besonders ausgeruht wirkte auch er nicht. Wirkte er allerdings nie. Nicht allzu verwunderlich, wenn man sich die Fakten betrachtete. Ramon war Single, er war jung, er war groß, er war kräftig und er hielt nicht nur große Stücke auf seine südamerikanischen Wurzeln, man sah sie ihm auch an. Kurz: Ramon lebte seine Nächte mitunter deutlich intensiver als seine Tage. Und das gönnte sie ihm von ganzem Herzen.

»Schau dir das hier mal an bitte, und sag mir, ob dir dasselbe auffällt wie mir!« Sie spulte das Video zur richtigen Stelle und drückte auf Start.

»Noch mal!«, sagte er, als sie auf Stopp drückte. Ramon hatte Interesse, das war schon mal ein gutes Zeichen. Sie startete die Sequenz von vorn.

»Die Beule in der Tasche. Als wäre was Langes drin. Was Langes, das mindestens zum Ende hin nicht allzu dick ist. Meintest du das?«

Mehr brauchte sie nicht. Exakt dasselbe hatte sie auch gedacht. Die Sporttasche diente, wenn man die nächtliche Radtour als verdächtig einstufte, vielleicht als Versteck für etwas Langes, Dünnes. Was in ihrem Fall bedeuten konnte: ein Schwert. Sie hatten etwas. Wenig zwar. Aber etwas! Jetzt wurde es schwieriger. Sie musste Martin das Video zeigen. Dem Einzigen, der hier entschied, ob es wirklich eine Spur war oder sie sich nur etwas einbildete.

Ihre Gedanken wollten schon wieder abschweifen. Wie sie das hasste. Sie war nie eine von diesen Frauen gewesen. Und sie hatte auch nicht vorgehabt, eine zu werden. Hier im Büro war sie eine Kommissarin, die nicht vorhatte, lange Kommissarin zu bleiben. Die etwas konnte und das auch beweisen würde. Die zeitlebens gegen ihr hübsches Gesicht hatte ankämpfen müssen. Und die wusste, in diesem Job könnten solche Kämpfe irgendwann nur noch Geschichte sein. Sie wäre einfach nur sie selbst, sie müsste niemandem mehr etwas beweisen, sie würde arbeiten und es gut machen, und man würde sie nur daran messen. Völlig unabhängig davon, wie sie aussah oder wer sie tief im Inneren war. Was sie dazu nicht brauchte, war ein vorgesetzter Mann, an den sie nicht mal eine Sekunde lang denken konnte, ohne die Kontrolle zu verlieren, verdammt!

Sie ging zu Martin, der sich tief in seinen Akten vergraben hatte. Sie fragte ihn, ob er mal mitkommen könnte, sie habe da vielleicht etwas. Martin folgte ihr und fragte auf dem kurzen Weg ins Videozimmer, worum es ginge. Er machte keine Anstalten, über irgendetwas zu reden, das nicht dienstlich war. Auch wieder so ein Ding an ihm, das sie einfach nur hassen wollte, weil es so verflucht anziehend war: Er benahm sich immer genauso, wie es für sie unwiderstehlich war.

Arrrrgh!!!, röhrte es in ihr. Dass er nicht einmal jetzt, wo sie ihn nach dem Kuss einfach hatte stehen lassen, die Fassung verlieren und sich irgendwie falsch verhalten konnte. Sie fluchte innerlich so vulgär, dass selbst gestandene Polizisten rote Ohren bekommen hätten. Sie betraten das Zimmer, Aury setzte sich wieder an den Auswertungsrechner. Martin sah sich die Videosequenz ebenfalls zweimal an. Seine Reaktion war noch klarer.

»Das ist er! Ich will verdammt sein, wenn er das nicht ist. Versuch, da rausholen zu lassen, was immer irgendwie geht. Ich sehe im Moment nichts außer der Mütze. Aber es ist ein Ansatz. Oh, und Ramon?«, das letzte Wort hatte er geschrien. Ramons Kopf erschien kurz darauf im Büro.

»Was'n los?«

»Fahr selbst zu dem Hinweisgeber. Zeitig! Und finde heraus, ob er nicht noch weitere Videos aus der Nacht hat. Wenn das hier unser Mann ist, und er in der Nacht einmal an seinem Haus vorbei musste – dann besteht zumindest die Chance, dass er auch zweimal daran vorbeikam!«

»Alles klar. Ich rufe da gleich mal an und kläre, wann wir vorbeikommen können.«

»Mach das. Danke!«, sagte Martin in seine Richtung. Und dann, mit einem Blick zu ihr, der so vollkommen dienstlich, so weit weg vom gestrigen Abend war, wie man es sich nur vorstellen konnte:

»Gut gemacht, Aury!« Und damit verließ er das Büro wieder. Aury war hin- und hergerissen. Sie hatte eine Spur gefunden, hatte sie vielleicht dem Täter nähergebracht, hatte vermutlich als Erste etwas aus ihrem riesigen Datenwust herausgefiltert, das helfen konnte. Sie war stolz wie Bolle. Die Frau in ihr (von dem wilden Biest ganz zu schweigen) spuckte aber im Strahl! Wie konnte er so verdammt nüchtern sein? Als hätte sie ihn nie geküsst? Frechheit! Klar, sie waren sich von Anfang an einig gewesen. Nichts von dem, was zwischen ihnen privat laufen könnte, würde sich jemals auf den Dienst auswirken, hatte er gesagt.

Ja klar. Schön. Super! Aber doch nicht, wenn man so einen Kuss durchhat? Hallo?

Sie war kurz davor, sich aufzuregen. Doch irgendwann fing sie sich. War das nicht genau das, was sie wollte? Sie hätte das gleichgültige Verhalten von Martin eher begrüßen müssen. Tja, Schwester. Überleg dir immer gut, was du dir wünscht – du kriegst es vielleicht, höhnte das Weib in ihr.

»Halt die Klappe!« rief sie aus, und Ramon, der noch neben ihr stand und den sie völlig vergessen hatte, fragte, ob alles okay sei.

KAPITEL 8

Mittwoch, 26.08.2020

Isabelle von Haehling saß in ihrem Stammlokal. Sie war zum ersten Mal darin gewesen, als sie noch nicht einmal wusste, dass sie hier war. Ihre Eltern hatten das Haus gekauft, als sie drei Monate alt war, und seither mal einen Sommer, mal einen Herbst oder auch die Osterferien hier verbracht. Einmal sogar Weihnachten. Als sie ein Teenager wurde, hatte sich der Reiz eines eigenen Ferienhauses im hintersten Bayern dann aber doch erledigt, und es zog sie in den Ferien eher an Strände oder in aufregende Länder. Ihre Eltern hatten das Haus dennoch behalten, sie verbrachten mindestens zwei Wochen im Jahr hier. Auch ihre Schwester Franziska war des Öfteren noch hier gewesen, als sie noch lebte. Doch auch wenn es für sie selbst viele Jahre her gewesen war, hatte sie, als sie letzten Herbst hier einzog, doch sofort das Gefühl gehabt, nach Hause zu kommen.

Und genau das hatte sie auch gebraucht. Das und die Sicherheit, die ihr das Haus bieten konnte. Sie hatte drei Jahre lang die Hölle durchlebt. Ihr eigener Mann, der sie in all den Jahren permanent betrogen hatte, stellte sich als psychopathischer Killer heraus. Bei dem Versuch, ihn von seiner letzten schrecklichen Tat abzuhalten, war sie gescheitert. Tom würde infolge ihrer Schüsse dennoch für den Rest seines Lebens als halber Toter in einem Krankenhausbett liegen. Wenn sie sich nicht dafür entschied, es zu beenden. Was sie bisher nicht konnte. Trotz allem!

Dann kam der Prozess. Den sie vom ersten Tag an nicht verstanden hatte. Denn Tom, der im Koma lag, wurde genau deswegen gar nicht angeklagt. Sondern sie. Dafür, dass sie geschossen hatte. Und, allerdings in einem anderen Verfahren: dieser Student, den sie am Ende auch verknackt hatten. Und Niessen, der Reporter. Den sie noch immer für schuldig hielt. Denn wenn jemand gewusst hatte, was passieren würde, war das doch dieser verfluchte Pressefritze. So viel hatte sie aus allem, was Torben ihr damals erzählte, herausgehört. Und doch war Niessen freigesprochen worden. Irgendwelche komplizierten presserechtlichen Regeln, die sie nicht verstand und auch nicht verstehen wollte, hatten dem Mann den Hintern gerettet.

Und auch wenn sie selbst ebenfalls straffrei blieb – so ganz hatte sie das Juristendeutsch nie verstehen können, jedenfalls hatte man ihr Notwehr oder Notstand oder etwas in der Art zugebilligt – sie hatte monatelang die Strapazen durchgemacht, permanent mit Anwälten telefoniert und bei jedem Gang ins Gericht befürchtet, dass man sie am Ende doch bestrafen würde. Weil sie versucht hatte, ihren Mann zu töten. Der allerdings gerade dabei gewesen war, unschuldige Menschen umbringen zu wollen.

Und dann die Presse … »Was wusste die Frau des Psychokillers?«, »Hier verlässt die Killerbraut das Gericht«, solche und ähnliche Schlagzeilen hagelte es endlos. Sie hatte nirgends Ruhe, verschanzte sich schließlich regelrecht bei ihren Eltern im Haus und kannte tagelang nur

Tränen, die nicht enden wollten. Was wollten die alle von ihr? Sie hatte das Richtige getan, sonst nichts. Wieso stellten manche sie dar, als sei sie an irgendetwas schuld? Isabelle war deswegen sehr oft wütend, noch häufiger traurig und schließlich nur noch verzweifelt gewesen.

Als alles vorbei war, wollte sie nur eines: weg. Die Waldburg, wie sie das Haus seit ihrer Kindheit liebevoll nannte, war dafür perfekt. Es lag auf einem Waldgrundstück abseits einer kleinen Landstraße in der Nähe von Zwiesel zwischen Großem Arber und Großem Rachel, fast schon in Wurfweite zur tschechischen Grenze. Selbst vorbeifahrende Autofahrer würden nicht bemerken, dass dort ein Haus war, die Zufahrt war düster und abschüssig und das Haus selbst hinter mehr als 50 Metern Wald versteckt. Die Waldburg war groß und weitgehend holzverkleidet. Also typisch für die Gegend, aber moderner und architektonisch anspruchsvoller; dafür hatten ihre Eltern in jahrelanger Kleinarbeit gesorgt. Es fehlte ihr auch nicht an Annehmlichkeiten. Sie hatte einen kleinen, auf Wunsch überdachten Pool im Garten, es gab eine Sauna, technisch war alles auf neuestem Stand, sie hatte ein stabiles WLAN und Platz genug, um notfalls auch zehn weitere Leute zu beherbergen. Doch es gab niemanden, den sie sehen wollte. Sie war einsam. Und sie fühlte es auch. Aber sie konnte niemanden um sich herum haben. Noch nicht.

Selbst Edeltraud, die alte Dame, die schon seit jeher das Haus in Ordnung hielt, war ihr zu viel. Edeltraut wohnte gleich am Ortseingang des nächsten Dorfes. Gemeinsam mit etwa 20 Katzen. Sie hatte ihr angeboten, sich um sie zu kümmern, ihre Wäsche zu machen, regelmäßig das Haus zu putzen, zu kochen und was sonst noch anfiele. Doch Isabelle lehnte ab und versorgte sich lieber selbst. Ihre Eltern wollten sie bald besuchen kommen, aber auch das hatte noch Zeit, fand sie. Sie musste erst einmal vollständig zur Ruhe kommen und ihr neues Leben finden. Bisher war ihr das nicht im Ansatz gelungen.

Sie war planlos, sie war ziellos, und das Schlimmste: Sie war vollkommen antriebslos. Sie schlief lange, sie las viel, sie machte ein bisschen Sport. Ab und zu machte sie einen kleinen Ausflug, um sich Wildparks anzusehen, Freilichtmuseen oder was es sonst so gab in dieser herrlich abgelegenen Gegend, in der jeder jeden kannte. Und sich niemand an der kleinen Isa störte, die schon hierhergekommen war, als sie noch ein Baby war. Vor allem, und das war das Schönste überhaupt: Es juckte hier überhaupt niemanden, was irgendwann über sie in irgendwelchen Zeitungen gestanden hatte. Hier lasen die meisten am allerliebsten das regionale Blättchen. Auch hier im Webers, wo man sein Helles noch für zwei Euro 80 bekam, die Currywurst-Pommes für neun Euro 50, und nur die »Königstreuen« ihr Bier aus einem tönernen Krug bekamen, hatte sie ihre Ruhe. Ab und an plauderte sie ein wenig mit dem Wirt, selten mit einem der anderen Gäste, meist saß und aß sie einfach nur still für sich.

»Servus, Herbert«, sagte sie, als sie das Webers nach einem hervorragenden Rehragout mit Spätzle gegen 21.30 Uhr verließ. Sie nahm das alte Fahrrad, das zum Haus gehörte und im Sommer auf derart kurzen Strecken viel angenehmer war als das Auto, und radelte nach Hause. Nach Hause! Wäre es doch so einfach gewesen. Natürlich war die Waldburg auch ihr Zuhause. Aber nicht das, in dem sie für immer leben wollte. Und derzeit eines, in dem sie vollkommen allein war. Das hatte sie so nie gewollt. Tom hatte es ihr genommen. Er hatte ihr alles genommen. Dieser miese Scheißkerl, dieser Hurenbock, dieser gottverdammte Psychopath.

Und doch – noch während sie all diese Dinge dachte, fehlte er ihr. Nein, er fehlte ihr nicht. Das Leben, wie es war, bevor all das passiert war, das fehlte ihr. Und dazu hatte Tom gehört. Der Tom, den sie damals noch für schwierig, aber für einen großartigen Ehemann gehalten hatte. Der Tom, für den sie alles getan hätte. Der Tom, den sie lieben wollte bis in den Tod. Und nun konnte er nicht sterben, wenn sie es nicht entscheiden würde. Und sie konnte ihn nicht mehr lieben, sich aber noch immer nicht mit dem Gedanken anfreunden, die Stecker ziehen zu lassen.

Ihn ziehen zu lassen. Und dadurch vielleicht auch selbst die Chance zu haben, Frieden zu finden. Wovor hatte sie solche Angst? Was hinderte sie? Waren es Schuldgefühle, wie diese Coaching-Trulla ihr hatte einreden wollen, auf die sie seinerzeit kurz hereingefallen war, bis sie ihr irgendwas von einem »Morphischen Feld« hatte erzählen wollen?

Sie wollte Tom damals erschießen, ja. Aber welche Wahl hatte sie denn gehabt? Gar keine! Also trug sie auch keine Schuld. Warum, zum Teufel, ließ sie dann das Ganze, wieso ließ er sie einfach nicht los? Wieso ließ sie ihn nicht los? Die Frage zermarterte ihr nicht zum ersten Mal das Gehirn. Einer Antwort näher war sie bisher nicht.

Sie fuhr von der Landstraße ab auf den geschotterten Weg in Richtung Waldburg. Es war schon fast dunkel, die

Tage wurden hier schnell kürzer. Das Haus bot einen wunderschönen, friedlichen Anblick, und nicht zum ersten Mal empfand sie eine ungeheure Dankbarkeit für ihr zweites Zuhause. Die Ruhe, die Abgeschiedenheit, die Kraft, die die unberührte Natur um sie herum ausstrahlte, um von ihr eingeatmet zu werden; all das würde reichen. Hier würde sie es schaffen. Und in ein neues Leben zurückfinden. Als sie das Fahrrad abgestellt hatte und zum Hauseingang ging, hörte sie ein Geräusch.

Sehr nah.

Sie drehte sich um.

KAPITEL 9

Donnerstag, 27.08.2020

Sie hatten Grund zu feiern. Und Aury hatte einen satten Teil dazu beigetragen. Nachdem die Videosequenz mit dem Mann auf dem Fahrrad, dessen Sporttasche an einer Seite ausgebeult war, zur Spur Nummer 1 geworden war, hatten sie in den weiteren Videodaten, insbesondere natürlich in denen zum Mord an Friedrichs, nach vergleichbaren Bildern gesucht. Und sie waren fündig geworden. Christof, einer der Kräfte, die man ihnen für diese Ermittlungen ins Team gesteckt hatte, war in den Videos einer S-Bahnstation in der Nähe des Fundortes der Leiche von Friedrichs an einer Person hängen geblieben, die zwar kein Rad, aber eine Lakers-Mütze aufgehabt hatte. Also wie die Person in der Sequenz, die Aury entdeckt hatte. Und definitiv dieselbe Ausbeulung in vermutlich sogar derselben Sporttasche. Da sie aus der S-Bahn-Station nur schwarzweiß-Material bekommen hatten, ließ sich zwar die Farbe nicht exakt bestimmen; aber von der Tönung her käme das Blau farblich hin, das die Tasche im Haustürvideo gehabt hatte. Und damit hatten sie, wie man so schön sagte, mit an Sicherheit grenzender Wahrscheinlichkeit einen heißen Treffer! Sie suchten beziehungsweise sie ließen nach einer Person – vermutlich einem Mann – suchen, die kräftig, schätzungsweise um die ein Meter 80 groß, mit Lakers-

Mütze und einer blauen Sporttasche unterwegs war, die an mindestens einer Seite ausgebeult wurde.

Ja, es war immer noch wenig. Aber in einer Mordermittlung – vor allem in einer, in der noch weitere Morde geschehen konnten – war es eine ganze Menge. Jedenfalls war der Fahndungshinweis im gesamten Präsidium und darüber hinaus gesteuert worden.

Ansonsten hatten sie leider nichts. Keine weitere Sequenz beim Hinweisgeber zum ersten Video, und auch sonst keine weiteren brauchbaren Bilder oder Videos. Sie waren mit den allermeisten Vernehmungen durch, da war rein gar nichts zu holen gewesen. Und beim Abgleich aller digitalen Daten, die sie bisher hatten, war bislang nichts herumgekommen. Mit Ausnahme der beiden Videosequenzen hatten sie keine weitere brauchbare Spur. Also feierten sie das, was sie hatten. Denn heute war »Teamabend«.

Es war Tradition. Ganz gleich, wie viel Arbeit es gab, und vollkommen egal, was zu Hause gerade anlag (Geburten mal ausgenommen): Am letzten Donnerstag im Monat ging das Team nach der Arbeit gemeinsam essen und feierte dann oft bis spät in die Nacht, um freitags zu demonstrieren, wie locker sie dennoch auf der Matte stehen und arbeiten konnten. Nun ja, der eine mehr, der andere weniger. Aury hätte sich auf den Abend auch sehr gefreut. Nicht nur, weil ihr alle auf die Schultern klopften und sie spätestens jetzt als vollwertiges Teammitglied anerkannt worden war. Sondern auch, weil sie sich für die anderen einfach interessierte. Weil sie gern alle kennenlernen wollte. Weil sie ihre Chance nutzen wollte, es endlich anders hinzukriegen als bisher. Unter ihresgleichen zu sein, sich für sich selbst weder zu schämen noch schlecht zu fühlen, für sich und ihre Meinung jederzeit einstehen zu können, zu wissen, wo sie hingehörte, kurz: anzukommen. Denn, wenn sie ehrlich zu sich selbst war, wusste sie, sie war bislang Lichtjahre davon entfernt gewesen, irgendwo anzukommen. Sie hatte nach wie vor das Gefühl, als hätte sie ein ganz anderes Bild von der Welt als andere. Selbst im Job wusste sie bis heute nicht genau, ob sie wirklich genau da war, wo sie hinwollte. So sehr der Ermittlerjob sie auch forderte, sie war sich nicht sicher, ob sie damit für immer glücklich werden würde.

Was sie zu Lars brachte. Der letzte Nacht in ihrem Handy herumgestöbert hatte. Sie wusste es ganz genau. Und sie konnte es ihm nicht mal verübeln. Gut nur, dass sie jeden Chat mit Martin gelöscht hatte. Sie musste vorsichtiger sein. Aber wollte sie das? Sie starrte Martin verträumt an, der sich, absichtlich oder nicht, sehr weit von ihr weg positioniert hatte. Ach, was halfen solche Gedanken? Er hatte eine Frau, er hatte ein Kind, sie könnte diesen Krieg nicht gewinnen.

Martin blickte sie an, wie sie plötzlich merkte. Sie wusste nicht einmal, wie lange schon. Verdammt, wie viel hatte er in ihrem Gesicht lesen können? Es war zum verrückt werden. Aus den Augenwinkeln sah sie, wie er auf die Musikbox zuging. Die Treffen des Teams variierten bei den Locations zwar, aber nicht allzu oft. Heute waren sie wieder einmal im Old School, einer auf 70er (schätzte sie) getrimmten Kneipe, in der sich neben reichlich Kolleginnen und Kollegen die gesamte gesellschaftliche Palette traf. Um festzustellen, dass sie irgendwie doch alle gleich waren, wenn die größten Hits des 20. Jahrhunderts rauf und runter liefen. Dann lagen sich Börsentypen, Studenten und Metzgergesellen in den Armen und grölten mit, dass es nur die Härtesten ertragen konnten. Für Aury regelmäßig der beste Zeitpunkt, um nach Hause zu gehen. Aber so weit waren sie noch lange nicht. Es war ja erst 23.30 Uhr.

Martin stand wieder in der Ecke, die gefühlte 400 Meter Sicherheitsabstand zwischen sie beide brachte. Das bisher gespielte, luftig-leichte Liedchen – sie hatte das Gefühl, es von irgendwoher zu kennen, aber das traf auf die Hälfte aller Songs zu, die in diesem Laden liefen – war zu Ende. Er sah sie noch immer an. Mitten in sie hinein. Sie erwiderte seinen Blick, es war ihr in diesem Moment egal, wer das vielleicht bemerken könnte. Als das nächste Lied begann, lächelte Martin, ganz sanft nur. Sein Blick wurde allerdings noch tiefer. Und sehnsüchtiger. Oh Mann, dachte sie, hoffentlich bemerkte das doch niemand.

Sie kannte den Song nicht, doch er hatte sie schon mit den ersten Takten. Dann begann der Gesang. Es dauerte keine Minute, bis ihr eine Träne die Wange hinunterlief, mit der sie nicht gerechnet hatte. Sie hatte nicht jedes Wort verstanden, auch wenn ihr Englisch nahezu fließend war. Aber die Zeile, die der Sänger und die (what the fuck, wie kann man so singen?) Sängerin bisher zweimal gesungen hatten, ließ keinen Zweifel zu: Sie hörte zum ersten Mal in ihrem Leben »Woman in chains«.

Aury passierte etwas, das sie schlechten Filmen zugeschrieben hätte, aber nicht ihrem eigenen Leben: Sie erstarrte. Ihr gesamtes Leben bestand gerade aus diesem Lied – und Martins Blick. Noch während die letzten Zeilen verklangen, stahl sich Aury auf ihrem Weg zur Toilette an Martin vorbei und hauchte ihm ins Ohr:

»So free her.«

Ja, es war kitschig. Aber es war, verdammt noch mal, richtig. Sie hatte ihre Entscheidung gefällt.

KAPITEL 10

Freitag, 28.08.2020

Er würde wahnsinnig werden. Absolut, ja. Es bestand gar keine Möglichkeit, nicht wahnsinnig zu werden. Das hier war so was von zu viel für einen einzelnen Mann! Er musste hier raus. Eigentlich. Musste weglaufen, diese Stimmen aus seinem Kopf kriegen, die ihn durchlöcherten, sein Denken unmöglich machten und so laut anschwollen, dass er sich die Schläfen in einer Schrottpresse zerquetschen wollte. Doch er war hier. In seinem Büro. Und er tat das Einzige, was ihm blieb. Er schrie! Laut, inbrünstig und in völliger Missachtung aller anderen Menschen in seiner Nähe. Hier ging es nur um ihn, sollte der Rest sich zum Teufel scheren. Er wollte diesen Schrei. Er brauchte diesen Schrei. Als er fertig war, standen vier Leute vor seinem Büro und starrten ihn an.

»Alles gut, Leute«, sagte Paulus. »Manches muss man einfach rauslassen.« Die vier sahen ihn mit unterschiedlichen Nuancen von Erleichterung, Belustigung und Besorgnis an, schienen aber mit der kurzen Erklärung glücklich. Und trollten sich. Mit Ausnahme von Aury. Sie war gerade erst angekommen – passend zu seinem »Scream«-Intermezzo – und betrat jetzt das Büro. Sie legte ihre Sachen ab, setzte sich und sah ihn fragend an. Wie gern hätte er jetzt mit ihr gesprochen. Hätte alles, was er fühlte, was er dachte, was er wollte, herausgelassen. Und erfahren, was sie dachte. Ob sich hinter ihrem »So free her« das verbarg, was er erhoffte und zugleich befürchtete.

Doch es gab etwas, das weitaus wichtiger war: Isabelle von Haehling war tot. Also war heute beim besten Willen nicht der Tag für irgendetwas anderes außer erneuter langer, harter Arbeit. Das musste auch Aury wissen. Aury, die ihn immer noch fragend ansah, mit einer sichtbaren Erwartung in ihren Augen.

»Aury, ich weiß.« Seine Stimme wurde so leise, dass sie ihn gerade noch verstehen musste. »Glaub mir, ich würde nichts lieber tun, als über gestern mit dir zu reden. Über uns. Über alles. Aber wir müssen warten. Sekunde.« Er stand auf und ging zum Drucker. Als er wieder sprach, war seine Stimme kräftig wie eh und je. »Isabelle von Haehling wurde gestern Abend tot vor dem alten Ferienhaus ihrer Familie aufgefunden. In Bayern, etwa 600 Kilometer von hier entfernt. Ihr Kopf war sauber vom Körper getrennt, drei senkrechte Striche auf der Stirn.«

»Fuck!«, entfuhr es Aury.

»Ja, das kannst du laut sagen. Wir haben ein ganz gewaltiges Problem. Und vor allem sind wir verdammt noch mal nicht schnell genug.« Die letzten drei Worte hatte er beinahe geschrien.

»Was soll ich tun?«

Verflucht, er liebte diese Frau. Diese vier Worte reichten aus, um ihn innerlich geradezurücken. Es konnte für sie beide nichts Wichtigeres geben, als diesen Mörder zu finden. Es war okay. Selbst das, was zwischen ihnen beiden war, musste jetzt warten. So sehr sich auch alles in ihm zusammenzog bei der Vorstellung, mit Aury noch auf irgendetwas warten zu müssen.

»Im Moment erst mal gar nichts. Ich muss einen Anruf machen. Warte bitte kurz und hör dann einfach zu.«

KAPITEL 11

Freitag, 28.08.2020

»Bundeskriminalamt, Foster.«

»Paulus hier. Sie hatten recht!«

Tamara zögerte keine Sekunde. Sie kannte die Frage, die zu stellen war. »Was ist passiert? Ist noch jemand tot?«

»Ja. Isabelle von Haehling. Vorgestern Abend, wie es aussieht.«

»Scheiße. Die Frau war meine Heldin.«

»Tja, was immer sie war, sie ist es nicht mehr. Hören Sie, Frau Foster …«

»Tamara, lass uns doch bitte das mit dem Sie schenken!«

»Oh, okay, klar. Gern. Tamara, ich muss gleich los nach Bayern. Ich bin mit den dortigen Kollegen schon in Kontakt. Bisher scheinen sie nichts zu haben, aber wer weiß. Ich würde gern auf dem Weg in Meckenheim vorbeikommen und dich abholen. Ich glaube jetzt auch, dass wir in den alten Fall einsteigen müssen, und das kann ich nicht alleine. Wird das gehen?«

»Oh. Hmm, schwierig. Wir haben nächste Woche einen größeren Einsatz, für den ich verplant bin, und wir sind mitten in den Vorbereitungen. Andererseits hatte ich fürs Wochenende nichts vor. Ab heute Nachmittag wäre es also kein großes Problem. Vorausgesetzt, ich bekomme das dienstlich durch. Ihr werdet also ganz formal an uns herantreten müssen. Ich habe nebenbei übrigens schon viele der damaligen Betroffenen sortiert. Da sind einige dabei, die man sich ansehen könnte. Habt ihr vielleicht schon Namen, die ihr mir schicken könnt?«

»Nicht viele, nein. Ich lasse dir aber mal die wenigen Kandidaten mailen, die wir aus den Waffenermittlungen haben. Schaden kann's nicht. Mit wem muss ich reden wegen der Dienstreise?«

»Ich fürchte, mit meinem Chef. Da braucht es aber einen in entsprechender Flughöhe bei euch.«

»Kein Problem. Hast du seine Durchwahl?«

»Klar. 44600. Krüger, Kriminaloberrat. Seid nett zu ihm, ist 'n Guter!«

Paulus lachte. »Keine Bange, ich will ja was von ihm. Ich melde mich, bis später.«

Tamara legte auf. Keine 20 Minuten später stand Krüger in ihrer Tür. Sie hatte zwischenzeitlich natürlich schon mit Joe gesprochen. Seinen Segen hatte sie. Was der Chef sagen würde, war entscheidend.

»Tamara, mich hat gerade der Leiter der Direktion K im PP Düsseldorf angerufen. Was die wollen, hab ich verstanden. Was ich wissen will, ist, wie du dazu stehst. Also: Wo genau ist hier der Zusammenhang?«

»Ganz einfach: Einer der Betroffenen aus dem von Haehling-Anschlag begeht diese Morde. Da bin ich sicher. Hier geht's um Rache. Und das wird nicht aufhören. Noch nicht.«

»Mhm. Und was macht dich da so sicher?«

»Chef, ich habe jetzt drei Tage am Stück über diese Morde nachgedacht. Spätestens jetzt ist es für mich völlig klar: Der Typ, der von Haehling seine Garage vermietet hat. Die Garage, in der Niessen fast verbrannt wäre …«

»Wer ist Niessen?« Krüger unterbrach sie unsanft.

»Der Journalist, der später das Buch zu der ganzen Geschichte geschrieben hat. Egal, jedenfalls: die Garage, in der von Haehling zumindest mal seine Tat vorbereiten konnte. Dann der Chemiestudent, der ihm seinen Sprengstoff gemixt hat und was sonst noch alles. Und jetzt von Haehlings Frau! Die ihn zwar am Ende erschießen wollte, bis dahin aber auch nicht wahnsinnig viel getan hat, um seinem Treiben ein Ende zu setzen. Obwohl sie doch zumindest etwas ahnen musste. Jeder, der beim Prozess dabei war, würde das jedenfalls so sehen. Und jeder, der Niessens Buch gelesen hat, sowieso. Ich weiß es besser, ich habe sie vernommen. Und mehrfach mit ihr gesprochen. Aber hilft ja nichts, tot ist sie trotzdem. Drei Leute also, die jemand, der Sündenböcke braucht, sich leicht rauspicken kann. Und wenn man das Thema weiterspinnt, fallen einem noch ganz andere Namen ein.«

»Welche?« Das war einer von Krügers Vorzügen: Er stellte die richtigen Fragen, er stellte sie knapp und er stellte sie präzise.

»Tja, ganz sicher mal Kanther, der damalige Düsseldorfer MoKo-Leiter, der seinen Kumpel von Haehling nicht direkt festgenommen hat, als ihm klar wurde, dass er der Serienmörder ist, den er seit Jahren sucht. Und natürlich Niessen. Er hat in seinem Buch ja alles getan, um klarzumachen, dass er, und nur er, die ganze Zeit wusste, dass ein Kollege die Morde begangen hat. Und auch er hat sich lieber fast verbrennen lassen, als schlau zu sein und von

Haehling einfach mit Handschellen aus der Garage führen zu lassen.«

»Okay, verstehe ich. Aber warum muss das einer aus unserem alten BAO-Bestand sein, der Rache übt? Das könnte doch auch ein dahergelaufener Spinner sein, der sich quasi prominente Opfer sucht?«

»Klar«, sagte Tamara. »Aber welcher dahergelaufene Spinner köpft seine Opfer ohne jede Spur und ritzt ihnen seine Visitenkarte in die Stirn? Das macht doch nur jemand, der eine Botschaft senden will. Gründe für eine Botschaft kann es wiederum nur zwei geben: einen Nachahmer. Oder jemanden, der Rache will. Und ich wette hier und jetzt drei Kisten besten Spätburgunder, dass es kein Nachahmer ist.«

Krüger grinste: »Gleich drei Kisten? Am Ende noch von Adeneuer? Was macht dich da so sicher?«

Tamara blieb ernst. »Ein Nachahmer bräuchte zehn Opfer, oder? Ich komme auf fünf Namen, jedenfalls, wenn wir bei all denen bleiben, die von Haehling auf irgendeine Weise behilflich waren. Was hätte ein Nachahmer davon, nur fünf Leute umzubringen?«

»Da ist was dran. Aber vielleicht macht er ja doch mit ganz anderen Opfern weiter, die du nicht auf dem Schirm hast?«

»Tja«, sagte Tamara mit der ihr eigenen professionellen Gelassenheit, »das werden wir entweder wissen, wenn wir ihn – oder sie! – irgendwann haben; oder wenn Niessen und Kanther das Schicksal ihrer Vorgänger geteilt haben. Ich für mein Teil würde deutlich lieber zu Variante 1 beitragen.« Sie sah ihren Chef unverwandt an und wusste, sie hatte gewonnen.

»Also gut«, sagte Krüger. »Auf Abordnungsbasis. Ich muss das aber noch mit unserem Gruppenleiter klären. Und wir brauchen Ersatz für den Einsatz nächste Woche. Warst du schon bei Joe?«

»Alles geregelt, keine Bange. Die schaffen das auch ohne mich.« Sie zwinkerte.

Krüger verdrehte die Augen und ging. Tamara konnte den Rückruf von Paulus kaum noch erwarten.

KAPITEL 12

Freitag, 28.08.2020

Bad Neuenahr. Den Namen verband Niessen mit Kaffeefahrten und wenig umwerfenden Rotweinen. Auch wenn diese Eindrücke Jahrzehnte alt waren. Jedenfalls erst mal keine Gegend, in der er gern sein Wochenende verbringen wollte. Aber was sollte er machen? Ulrike wohnte dort, und nachdem sie nun zwei Tage lang hin und her geschrieben hatten und er sich mehr und mehr fragte, ob diese Frau echt sein konnte, war es Zeit, sich die Realität abzuholen.

Ulrike hatte davon geschwärmt, wie der lokale Tourismusverband mit den Corona-Bedingungen umging und kurzerhand Dinge wie »Weinlounges« oder »Weingärten« erfunden hatte, die sich offenbar gut an die Begebenheiten anpassten. Solange das Wetter mitspielte. Und als sie ihn einlud, sich das Ganze – und damit auch sie selbst – doch einmal anzusehen, konnte er schlecht Nein sagen. Seine Erwartungen an die Stadt waren nicht besonders hoch. Die an Ulrike allerdings schon. Er hoffte, dass er im ersten Fall positiv und im zweiten nicht negativ überrascht würde.

Er könnte genauso gut schon heute fahren, hatte er sich gedacht. Wenn schon eine gute Stunde Fahrt, dann sollte sich das Ganze auch lohnen. Also studierte er die Hotelwebsites in der Region und stieß auf einige wirklich schöne Angebote. Er entschied sich am Ende für eine Junior-

Suite im mondänen Steigenberger, direkt in Bad Neuenahr, unmittelbar an der Ahr. Auf den Fotos sehr malerisch. Und auch das kulinarische Angebot konnte sich sehen lassen. Nur gut, dass es überhaupt wieder eines gab. Alle Welt wartete auf einen Impfstoff, damit der Spuk irgendwann aufhörte und man sich wieder wie ein normaler Mensch bewegen konnte. Niessen für seinen Teil war vorsichtig – was angesichts seiner gesundheitlichen Situation auch kein großes Wunder war. An diesem Wochenende würde er aber wohl oder übel eine Ausnahme machen müssen.

Er buchte sich die Suite online und begann, ein wenig zu packen. Er hätte jetzt sehr gern eine geraucht. Das passierte ihm selten, aber die Mischung aus Aufregung und dem latenten Bauchkribbeln war durchaus geeignet, ihm einen Rückschlag zu verpassen. Da half nur Mick, entschied er sich. Kurz darauf klang die raue, kratzende Stimme von Mick Jagger aus den Boxen, der zur dezent, aber genial gespielten Akustik-Gitarre Dave Stewards »Blind leading the blind« sang. Niessen hatte den Song aus einem Streifen mit Jude Law aus den 2000ern, der ihn seinerzeit tief beeindruckt hatte. Wegen eines extrem coolen Spruchs von Jude Law im Film, der sich gerade ein pinkfarbenes Hemd anzog – und wegen seines Soundtracks, der zu großen Teilen aus Songs von Jagger und Steward bestand.

Als er die Akustikversion des Titelsongs zum ersten Mal hörte, wusste er, dass er einen neuen Kandidaten für seinen eigenen »ewigen Soundtrack« gefunden hatte. Und als er, irgendwann nach den ersten OPs, vollkommen am Boden gewesen war und Musik brauchte, die Melancholie in Verbindung mit Hoffnung perfekt verkörperte, hörte er die Nummer bis zu 20-mal am Tag. Oder öfter. Und er war sie immer noch nicht leid. Würde er auch nie. Halb sang, halb summte er den Chorus, während er seinen Koffer schloss. Und dann lachte er. Die Worte hatten plötzlich eine weitere, neue Bedeutung bekommen.

»Like the blind leading the blind
after the wine, the tears they are gushing …
Time after time, you won't let the love in, yeah.«

Na, dann hoffen wir mal, dass ich von dem Wein an der Ahr nicht heulen muss – und die Liebe gleich mal reinlasse, dachte er bei sich. Er verließ die Wohnung, setzte sich in sein neues altes Mercedes-Cabrio und fuhr los.

KAPITEL 13

Freitag, 28.08.2020

Es gab nur wenige Dinge, über die Paulus je so froh gewesen war wie darüber, dass Tamara Foster jetzt mit ihnen zusammen im Auto saß. Er brauchte Ramon in Düsseldorf, und es war ohnehin seine Aufgabe, sie verdammt noch mal auszubilden, also war es nur logisch, dass er Aury gebeten hatte, mit nach Straubing zu kommen. Als sie gegen 14 Uhr ins Auto eingestiegen waren, hatten beide eine der merkwürdigsten Unterhaltungen aller Zeiten geführt. Paulus hatte ihr klarmachen wollen, dass er seine gesamte Konzentration jetzt auf den Fall richten müsste. Er könne im Moment beim besten Willen nicht mit ihr über sie beide sprechen. Und schon gar nicht, wenn sie eine knappe Stunde später eine BKA-Kollegin an Bord nehmen würden, die das folgende peinliche Schweigen zwischen ihnen beiden als weiß der Geier was deuten könnte.

Er sagte all das. Und meinte die ganze Zeit doch nur: »Aury-ich-will-mit-dir-reden-ich-will-dich-küssen-und-ich-will-noch-ganz-andere-Sachen-mit-dir-machen-und-ich-hab-absolut-keinen-Schimmer-was-jetzt-passieren-soll-und-wo-das-für-uns-hinführt-aber-ich-kann-nicht-aufhören-an-dich-zu-denken-und-wenn-du-neben-mir-sitzt-wird-mir-schwindlig-und-ich-kann-mich-nicht-konzentrieren-und-mir-platzt-gleich-der-verdammte-Schädel-aaaaahhh!!« Es war zum Kinderkriegen.

Aury hatte ihm zugehört. Dem, was er sagte. Nicht dem, was er dachte. Und dann nur gesagt: »Wenn du meinst.«

Danach herrschte genau das zwischen ihnen, was er nicht gewollt hatte: peinliches Schweigen. Na fein, Paulus, hatte er bei sich gedacht. Hast du ja super hingekriegt. Dennoch blieb er bei seiner Meinung. Es war besser so.

Doch nachdem sie Tamara abgeholt hatten, wurde die Fahrt deutlich entspannter. Sie stiegen in den Fall ein, als seien sie seit Jahren ein Team, und Tamara verblüffte ihn mit all dem, was in ihrem Kopf schon gereift war und – für sie zumindest – feststand. Eine fantastische Ermittlerin, das musste er neidlos anerkennen. Ob sie am Ende mit allem richtigläge, würde sich zeigen. Wenn sich ihre Gedanken aber als richtig herausstellen würden, dann wären sie vielleicht in die falsche Richtung unterwegs.

Doch darum kümmerten sich seine Leute schon. Der Vorsicht halber war Kanther bereits informiert. Sie würden alles tun, was angesichts der noch etwas dünnen Gefährdungsbewertung zu seiner Person getan werden konnte. Regelmäßige Bestreifung seines Hauses war das Mindeste. Und er konnte sicher sein, dass alle, die draußen unterwegs und in der Nähe seines Hauses waren, ebenfalls ein Auge auf ihn und seine Familie werfen würden. Mehr war allerdings nicht drin. Nun ja, Kanther konnte ja auch ganz gut auf sich selbst aufpassen. Niessen allerdings hatten sie nicht zu Hause angetroffen, und eine Handynummer hatte niemand. Seine alte Nummer bestand nicht mehr. Sicher hatte er sich nach dem großen Erfolg und vor allem dem ganzen Presserummel irgendwann eine neue zugelegt. Es konnte aber nicht lange dauern, bis sie Niessen erreichen würden. Vermutlich war er nur unterwegs und würde bald wieder daheim sein, wo ihn eine Nachricht mit Rückrufbitte im Briefkasten erwartete.

Tamara hatte ihr dienstliches Notebook mitgenommen. Sie erklärte ihm eine geschlagene Stunde lang, welche der Betroffenen aus dem Anschlag aus ihrer Sicht gut für einen Racheakt infrage kämen. Sie betonte allerdings, dass es am Ende auch alle anderen sein könnten. Oder zumindest die große Mehrzahl. Kleine Kinder oder sehr alte Menschen wären natürlich erst mal nicht die engste Wahl. Tamaras Auswahl bezog sich – dieser Ansatz leuchtete Paulus ein, da ihm auch kein besserer eingefallen wäre – schlicht auf die Erheblichkeit der erlittenen persönlichen Verluste. Und da gab es aus ihrer Sicht ein paar Personen, die wahrlich Grund genug gehabt hätten, sich mit Rachegedanken zu beschäftigen:

Martina Ludwig. Sie hatte das Konzert mit ihren Zwillingen besucht. Die beiden Jungs waren 19 Jahre alt. Die drei hatten nebeneinander gestanden, als die Drohne neben ihnen explodiert war. Einer der Jungs war dabei so stark verletzt worden, dass er unmittelbar verstarb. Der zweite fiel schwer verletzt zu Boden. Beim Versuch, ihn zu retten, wäre die Mutter, die nicht einmal merkte, dass ihre Kleidung Feuer gefangen hatte, beinahe selbst totgetrampelt worden. Doch sie hatte überlebt. Ihre beiden Jungs nicht. Und sie selbst war von den Brandwunden im gesamten Bauch- und Brustbereich heftig entstellt.

Christian Blücher. Er hatte das Konzert mit insgesamt sieben weiteren Personen besucht. Drei davon waren gestorben. Darunter seine damalige Freundin. Deren beste Freundin wiederum musste in ein künstliches Koma versetzt werden. Was später aus ihr wurde, konnte Tamara nicht sagen. Auch Blüchers ältesten Freund hatte es schwer erwischt. Er würde für immer im Rollstuhl sitzen. Der Rest der Truppe hatte mehr Glück. Ohne Verletzungen blieb allerdings keiner von ihnen, auch Blücher nicht.

Dann gab es noch Patrick Zanner: ein besonders heftiger Fall. Ein damals 40-jähriger Familienvater, der seine Familie komplett verloren hatte. Seine Frau war mit ihren drei Kindern beim Konzert gewesen. Die Kinder wurden nur 17, 13 und elf Jahre alt. Tamara hatte den Mann damals selbst befragt. Auch er konnte, wie alle Angehörigen, die nicht vor Ort gewesen waren, keine Hinweise zur Tat geben, es war also nicht zu einer Vernehmung gekommen. An den Mann selbst konnte sie sich aber noch erinnern. Er war vollkommen am Boden zerstört gewesen. Und dennoch blieb er eine imposante Erscheinung. Einigermaßen groß und ziemlich kräftig, so sehr er auch damals in sich zusammengesunken war. Viel mehr wusste sie nicht über ihn.

Auch Elke Schuster kam in Tamaras engere Wahl. Sie hatte das Konzert mit ihrem Mann und den beiden Kindern besucht, die damals erst zehn und acht Jahre alt waren. Als die Explosion kam, hatte ihr Mann sie angeschrien, sie solle laufen, so schnell sie konnte, während er sich die Kinder packte und neben ihr herlief. Irgendwann hatte sie bemerkt, dass sie ihren Mann verloren hatte.

Sie hatte keine Chance gehabt umzudrehen und musste weiterlaufen. Als man den Mann später fand, lag er tot neben den beiden Mädchen, die sich eng aneinandergekauert hatten. Er war tot. Die Mädchen hatten überlebt. Eine der beiden hatte gesprochen. Ein einziges Mal. Sie sagte: »Papa hat uns beschützt.« Und sprach seither gar nicht mehr.

Mit einem kurzen »Puh« unterbrach Paulus Tamaras Schilderungen. Er hatte im Rückspiegel gesehen, dass auch Aury eine Pause ganz gut gebrauchen konnte. Ebenso wie ihm gingen auch ihr die Schicksale dieser Menschen sehr nahe.

»Ganz schön starker Tobak«, fügte er hinzu. »Aber bevor du weitermachst: Ich sehe das auch so, die hätten alle mehr als genug Grund gehabt. Das bleibt trotzdem alles pure Vermutung. Eine Möglichkeit. Kein Beweis. Und Schicksale sind subjektiv. Ganz objektiv betrachtet hast du sicher die schlimmsten Schicksale herausgesucht. Wenn da aber irgendwer dabei ist, der die schwere Verletzung seines oder ihres Bruders für das Schlimmste hält, was im Leben passieren könnte, kann auch daraus ein Grund werden. Versteh mich nicht falsch: Ich will deinen Gedanken nicht runtersprechen. Ich denke nur, wir kommen weiter, wenn wir ihn im Hintergrund zu den Erkenntnissen verfolgen, die wir sonst noch haben. Sonst bringt uns das nicht weit. Nicht weit genug zumindest.«

Tamara verstand. »Ja, da hast du einen Punkt. Was schlägst du also vor?«

»Es war ein Mann«, warf Aury schüchtern vom Rücksitz aus ein.

Tamara drehte sich zu ihr um. »Seid ihr da sicher?«

Paulus wollte schon ansetzen, entschied dann aber, Aury in dieser Sache das Reden zu überlassen. Was sie auch tat.

»Na ja, es spricht jedenfalls mehr dafür als dagegen. Eine Frau wäre genauso gut wie ein Mann in der Lage, mit einem Schwert zu töten. Keine Frage. Aber für Schläge, die so sauber durch den Hals gehen wie diese, braucht es neben Technik und Geschwindigkeit bestimmt auch reichlich Kraft in den Armen. Für mich wiegen die Videos dabei aber noch schwerer. Wenn wir mit der Person auf dem Fahrrad richtigliegen, ist das entweder ein Mann oder eine ziemlich stattliche, kurzhaarige Frau. Kann auch sein, klar. Aber wahrscheinlicher ist im Ergebnis ein Mann.«

»Wahrscheinlicher. Verdammt. Wir haben trotzdem noch zu wenig, um sicher zu sein. Was ist mit der Waffe? Haben wir da inzwischen alles an Verkäufern und Namen beisammen?«, fragte Tamara.

Diesmal antwortete Paulus: »Nein, sicher nicht. Aber alle, die in der kurzen Zeit aufzutreiben waren. Bisher Fehlanzeige, vermutlich auch die beiden Fälle bei uns in der Stadt. Wir sind aber weiter dran.« Inzwischen waren sie in Straubing angekommen. Sie würden bald an der Dienststelle sein, wo die Kollegen noch immer auf sie warteten, so spät es auch inzwischen geworden war.

»Okay«, meinte Paulus, »wir kommen an der Stelle nicht weiter. Jedenfalls nicht hier. Wenn wir genügend Namen haben, die wir abgleichen können, schaffen wir vielleicht einen Treffer. Bis dahin schauen wir uns erst mal an, was wir von den Kollegen hier serviert kriegen. Vielleicht haben die Bayern ja noch was Brauchbares. Bei den Videodaten sollten sie definitiv schneller sein als wir. Soweit ich weiß, hat kein Bundesland einen so entspannten Datenschützer wie den bayerischen.«

»Hoffen wir's«, sagte Tamara. Die drei betraten die Dienststelle.

KAPITEL 14

Freitag, 28.08.2020

Tamara lag in ihrem schrecklich bequemen Hotelbett und fand keinen Schlaf. Was kein großes Wunder war. Sie war viel zu aufgeregt. Das Jagdfieber hatte sie gepackt, und bevor diese Mordserie nicht beendet und der Täter gefunden war, würde sie nicht mehr richtig gut schlafen können. Sie kannte das schon.

Die Erkenntnisse hier auf der Dienststelle waren nicht üppig gewesen. Der Ermittlungsleiter, EKHK Brunner, wollte sie morgen noch zum Haus der von Haehlings bringen. Aber davon versprachen sie sich nicht mehr viel. Dennoch war die Reise nicht umsonst gewesen. Eine interessante Aussage hatten die Bayern schon. Die alte Frau, die Isabelle gefunden hatte, bestand darauf, zu Protokoll zu geben, dass ihr am Tag vor der Tat ein fremder Mann aufgefallen war, der mit dem Fahrrad an ihrem eigenen Haus vorbeigefahren kam. Es kämen zwar immer wieder Radfahrer durch den Ort. Der Unterschied sei jedoch, wie sie betont hatte, dass die »immer alle mit ihren Rennrädern da durchrasen wie die Depperten«. Dieser Mann allerdings sei mit einem Fahrrad gefahren, das »irgendwas Besonderes« gehabt habe (leider ohne, dass sie ihnen sagen konnte, was genau dieses »Besondere« denn war). Zudem sei er so langsam gefahren, als wolle er sich den

Ort näher ansehen. Nur daher sei ihr die Beobachtung wichtig vorgekommen. Und wenn Tamara die alte Dame richtig einschätzte, hatte sie eine ganze Menge Erfahrung darin, den Ort zu beobachten …

Sie konnte den Radfahrer dennoch nicht allzu gut beschreiben. Doch immerhin ging es auch hier um einen Mann, zwischen 40 und 60, dunkelhaarig, normal groß, kräftig. Er habe eine Mütze getragen. Ob es eine bestimmte Mütze war, hatten die Kollegen sie nicht gefragt. Dazu gab es ja auch noch keinen Anlass. Das ließe sich aber schnell nachholen.

Immerhin deckte sich die Begegnung ganz gut mit dem, was die Düsseldorfer aus ihren Videodaten wussten. Vielleicht hatte die alte Frau wirklich den Täter bemerkt. Selbst wenn, war er allerdings längst über alle Berge. Die Infos reichten nicht im Ansatz, um in eine Öffentlichkeitsfahndung einzusteigen. Aber sie reichten, um mit ihrem eigenen Ansatz weiterzukommen. Und für die Kräfte, die sich in Kanthers Nähe aufhielten, waren die Informationen möglicherweise sogar wichtig genug, um den Unterschied zu machen. Oh ja, sie hatte das Jagdfieber.

Und noch etwas anderes. Sie gestand es sich ungern ein. Aber dass »untervögelt« in ihrem Fall keine Metapher, sondern eine nüchterne Zustandsbeschreibung war, machte ihr Körper ihr mehr als deutlich. Wäre Matthias doch hier. Vom Gefühlselend abgesehen, dafür war er immer gut. Sie nahm die Kopfhörer. Sie brauchte die Foo Fighters, es half alles nichts. Als die ersten Töne von »Everlong« erklangen, ließ sie sich fallen. Scheiß auf meinen Stolz, dachte sie sich und stellte sich Matthias vor. Sie hatte Sehnsucht.

Und sie wusste es. Was daran so wehtat, war, dass sie nichts weiter tun konnte. Alles, was ihre Beziehung zu mehr machen würde, zu etwas Endgültigem, etwas mit Zukunft, war Matthias' Entscheidung. So wenig ihr das passte. Sie würde warten müssen. Oder sich endgültig von ihm abwenden. Was sie, Stand jetzt, nicht konnte. Denn Sehnsucht war, so harmlos sie auch klingen mochte, nie allein. Sie setzte Liebe voraus.

»Everlong« war ihr Lied. Sie hatten sich zum ersten Mal geküsst, als es lief, und damals hatte sie förmlich mitgedacht:

»If everything could ever feel this real forever,
if anything could ever be this good again.«

Sie sah Matthias vor sich. Diesen einfach nur guten, schönen und aufrechten Mann. Keiner von der Sorte, die man nie für sich alleine hätte. Sondern mit einer äußeren Schönheit, die durch seine Leichtigkeit, seine Unbekümmertheit, das Lebensfrohe an ihm und sein im besten Sinne männliches Wesen von innen her wirkte. Sie erinnerte sich daran, wie er sich anfühlte. Wie er sie fühlte. Was er mit ihr tun konnte. In ihrem bisherigen Sexleben hatte sie mehr oder weniger wie eine Kerze gebrannt, ab und zu vielleicht wie eine Fackel. Er hatte es fertiggebracht, eine Hitze in ihr zu entfachen, mit der sie den Einen Ring hätte schmelzen können! Ohhhja, das fehlte ihr. Sie wollte ihn hier haben. Sie wollte ihn haben. Für immer. Und immer! Und immer! …

Als sie fertig war, schwor sie sich, Matthias gleich nach dem Wochenende ein Ultimatum zu stellen. Sie war eigentlich nicht der Typ für so etwas. Aber sie war auch ganz sicher nicht Die Frau, die wartet. »Am Arsch die Waldfee«, wie eine Kollegin aus dem Amt bei einer Karnevalsfeier einmal sturzbetrunken ins Mikro gerufen hatte. Das Hin und Her musste ein Ende haben. Sie hatte einfach keine Lust mehr darauf! Sollte ihn der Teufel holen, wenn er nicht endlich mit dem Blödsinn in seinem Kopf klarkäme. Mit dieser Entscheidung, Kopf und Körper klarer und zufrieden, schlief sie schließlich doch noch ein.

KAPITEL 15

Freitag, 28.08.2020

Aury klopfte an Paulus' Zimmertür. Schlau ist anders, dachte sie bei sich, nicht zum ersten Mal. Andererseits wäre an Schlaf nicht zu denken gewesen, wenn sie nicht endlich mit ihm reden könnte. Der Kuss, der Abend in der Bar, das Lied, das seitdem gratis in ihrem Kopf wohnte. Ihre, was ihn betraf, zwar klaren Vorstellungen, aber umso komplexeren Gedanken. All das musste raus. Jetzt!

»Moment«, rief es aus dem Zimmer. Kurz darauf öffnete sich die Tür. Nur einen Spaltbreit. Sein Gesicht lugte dahinter hervor. Offenbar hatte er gerade geduscht.

»Oh«, sagte er. »Hi. Ähm. Komm rein.«

»Soll ich lieber später kommen?«, fragte sie.

»Nein, schon okay. Ich freue mich, dass du da bist.« Er trat zurück ins Zimmer, sie öffnete die Tür und folgte ihm. Er war fast nackt, offenbar hatte er sich nur schnell eine Unterhose übergezogen. Falsch herum. Sie lachte kurz auf. Das sah lustig aus. Änderte aber leider nichts daran, dass sie diesen süßen, knackigen …

Schluss damit, schimpfte sie mit sich selbst. Ich bin nicht deswegen hier! Es half jedoch nichts, das nur zu denken. Sie musste es auch aussprechen. Dann würde es wahr. Bestimmt!

»Zieh dir bitte was an. Ich bin nicht deswegen hier!«, sagte sie, vielleicht eine Spur zu schnippisch. Ooooh und wie du das bist, Schwester!, tönte das innere Biest. Aury verzog das Gesicht. Blöde Bitch!

»Alles in Ordnung?«, fragte Paulus.

»Ja, sorry. Ich drehe mich um, dann kannst du dich in Ruhe anziehen.«

Paulus schmunzelte. »Wenn es das ist, was du möchtest?«, sagte er mit verspielter Stimme.

»Martin, bitte!« Aury bemühte sich um einen strengen Tonfall. Doch sie wusste, dass man das Verlangen trotzdem heraushören konnte. So forsch, so frech kannte sie ihn gar nicht. Eine weitere Seite, die ihr gefiel. Doch das durfte jetzt kein Thema sein! Sie wartete, bis er angezogen war. Und stellte die Frage, die ihr seit gestern Abend (war das wirklich erst gestern gewesen?) auf der Seele brannte:

»Martin ... was wird das jetzt mit uns?«

Er seufzte. »Ich weiß es nicht, Aury. Alles, was ich dir sagen kann, ist, dass ich mich in dich verliebt habe. Dass ich dich will. Alles an dir, alles von dir. Mehr, als ich je eine Frau gewollt habe. Mehr, als ich je dachte, eine Frau wollen zu können. Und nein, ich meine nicht in meinem Bett. Ich meine in meinem Leben, Aury.«

»Guter Hinweis«, versetzte Aury ihm lächelnd. Sie hatte ihn ohnehin richtig verstanden. Aber nach der kleinen Frechheit eben war das verdient. Paulus überging ihren Spruch mit einem Lächeln, wurde aber gleich wieder ernst.

»Ich habe eine Frau, Aury. Und ein Kind.«

»Ja. Und?« Was hätte sie darauf sagen sollen? Ihr war

beides bewusst. Wäre es nicht so, lägen sie längst im Bett und würden das Tier mit den acht Armen spielen.

»Und du kennst mich nicht. Du weißt so wenig von mir. Ich hab eine Scheißangst, Aury.«

»Wovor denn?«

»Vor dem hier. Vor uns. Davor, dass ich mich nicht nur verliebt habe. Davor, mir einzugestehen, dass es noch viel mehr ist, und dass ich nicht zurück kann. Davor, es dir zu gestehen! Dir zu sagen, was ich fühle. Und am Ende allein dazustehen.«

»Wieso solltest du allein dastehen? Das verstehe ich nicht.« Sie konnte ihm nicht folgen. Sie umfasste seine Handgelenke und rückte langsam näher. Ihre Gesichter waren keine zwei Handbreit voneinander entfernt. »Und, Martin: Was willst du mir gestehen?«

Martin zitterte. Seine Augen brannten. Sie fühlte ihn. Sie wusste, was er sagen wollte. Und wollte es hören. Denn sie war es, die zweifelte. So sehr sie gestern Abend auch geglaubt hatte, ihre Entscheidung stünde fest, so schnell waren die Zweifel wieder aufgetaucht. Sie war hier, um diese Zweifel für immer zu begraben. Oder ihnen endgültig nachzugeben. Martin konnte es nicht wissen; doch wenn er jetzt nicht der Starke von ihnen beiden wäre, würde er sie verlieren, bevor es wirklich beginnen konnte. Martins Augen wurden klarer. Seine Gesichtsmuskeln entspannten sich. Eine Wärme trat in seinen Blick, die Aury durch und durch ging.

»Was willst du mir gestehen?«, hauchte sie.

Er sah sie an, mit festem Blick. Er war wieder er selbst. Oder war er vorhin er selbst gewesen? So oder so, sie wartete. Ihr gesamter Körper bebte. Oh Himmel, dachte sie nur noch. Was immer das hier wird: Lass es mich nicht kaputt machen. Paulus trat einen halben Schritt zurück.

»Aury, ich möchte, dass du etwas verstehst.« Sein Ton war nüchtern, beinahe geschäftsmäßig. Das hatte sie nicht erwartet. »Ich bin schwierig. Unglaublich schwierig. Manchmal verstehe ich mich nicht einmal selbst. Es gibt Gründe dafür, die ich dir gern erkläre, wenn die Zeit dafür gekommen ist. All das, was mich schwierig macht, hat mich aber auch stärker gemacht. Mir Kraft gegeben. Und mich dahin gebracht, wo ich heute stehe. Auch an diesen Punkt hier, zu uns. Zu dir.«

Aury verstand kein Wort. Das war etwas viel auf einmal. Worauf wollte er hinaus? Stieß er sie gerade zurück? Ernsthaft? Wow! Sie bestand nur noch aus purer Verwirrung. Paulus fuhr fort.

»Es gibt drei Dinge in unserem Leben, die uns überdauern, wenn du mich fragst: die Menschen, die wir lieben. Die Kinder, die wir in die Welt setzen. Und wirklich Großes, das wir erschaffen. Ich möchte ein Leben, das mich überdauert, Aury. Das bin ich mir schuldig. Das bin ich meinem Leben, meiner Vergangenheit schuldig. Ich bin leider niemand, der Großes erschaffen könnte. Aber ich kann und konnte immer lieben. Ich will lieben. Ich muss lieben! Jeder Moment meines Lebens, in dem ich lieben durfte, war ein besserer als die Momente, in denen ich nicht geliebt habe. Kein gebrochenes Herz der Welt hätte mich je davon abgehalten, Liebe zu leben, wann immer ich konnte. Kein Schmerz war je so groß oder von solcher Dauer wie die Momente tiefer Liebe, an die ich mich noch erinnern werde, wenn ich alt bin. Also bitte, Aury, versteh mich, wenn ich dir sage:

Ich erkenne die Gefahren nicht. Ich sehe kein Risiko, zu dem ich nicht bereit bin. Und ich würde für nur eine Sekunde der Liebe zwischen uns beiden jederzeit den Schmerz riskieren, der vielleicht am Ende steht. Denn so wahr ich hier stehe, Aury: Ich liebe dich!«

Aury musste nicht darüber nachdenken, ob er es ernst gemeint hatte. Sie sah es, sie fühlte es und sie wusste es. Er liebte sie. Für diesen Moment, ohne Nachdenken, ohne die Konsequenzen, ohne eine Antwort auf die Frage, wie es weitergehen würde, reichte ihr das. Sie küsste ihn. Sie küssten sich. Lange und leidenschaftlich. Sie streichelte seinen Rücken, seine Brust. Er tat es ihr gleich. Sie brannte. Er brannte.

»Nein«, sagte Aury und löste sich von ihm. Er sah sie verwirrt an. »Nicht weiter. Nicht heute. Noch nicht«, sagte sie. Er verstand. Sie lösten sich voneinander. Mühsam. Es fühlte sich an, als hätte man beide in Superkleber getaucht. Gefühlt Stunden später saßen sie nebeneinander auf seinem Bett, mit roten Wangen und Pulsschlägen, die man noch im Nachbarzimmer hören musste.

»Und trotzdem,« begann Aury, »Liebe ist nicht genug. Ich weiß noch gar nicht, ob ich dich liebe, Martin. Dafür ist viel zu viel ungeklärt. Ich kann deine Familie nicht ausblenden. Ich kann auch nicht ›die andere‹ sein. Ich will das vor allem nicht! Und mit einem hast du außerdem recht«, fügte sie hinzu, »ich kenne dich kaum.«

Paulus strahlte sie an. »Dann lass uns das ändern«, sagte er. Und genau das taten sie. Vier wunderbare Stunden lang. Sie teilten alles, was man in dieser kurzen Zeit miteinander teilen konnte. Ihre Erfahrungen, ihre Gefühle, ihre Träume, ihre Ziele. Paulus machte ihr sehr deutlich, wie schwer ihm der Gedanke fallen würde, seine Ehe zu beenden. Und er machte ihr noch deutlicher, dass es dabei nicht um seine Frau gehen würde. Sondern um seinen Sohn. Er erzählte ihr, wie eng sein Verhältnis zu ihm war, wie viel ihm das gab, und wie stark die verbindende Wirkung eines Kindes in einer Ehe war. Vieles davon hörte Aury nicht gern. Und doch war es ihr lieber, als angelogen zu werden. Wenn etwas aus ihnen beiden werden sollte, dann waren Lügen der falsche Weg. Es würde nur einen Weg geben, wenn sie eine Zukunft haben wollten: Er müsste seine Frau verlassen. Über all das sprachen sie, offen, vollkommen selbstverständlich und so vertraut, als seien sie seit Jahrzehnten ein Paar. Als Paulus, der gerade darüber sinnierte, wie man einem Scheidungskind die negativen Folgen einer solchen Erfahrung möglichst nehmen könnte, plötzlich auffuhr.

»Was ist los?«, fragte Aury, wie aus tiefem Schlaf erwachend.

»Mir ist gerade was eingefallen. Ich hatte das echt schon völlig vergessen!« Paulus wirkte hellwach, als sei er gerade erst aufgestanden.

»Was, verdammt? Um uns kann's ja nicht gehen, nehme ich an?«

»Ja, nein, tut mir leid«, stammelte er. »Aury: Ich hatte das wirklich komplett aus dem Gedächtnis gestrichen. Wie dumm kann man sein?«

»Was, verflucht noch mal?«, schrie sie ihn förmlich an.

Sie war neugierig. Und wie! Irgendetwas musste ihn ja völlig von den Socken geholt haben.

»Thomas von Haehling«, sagte er mit einem Blick, der Lichtjahre entfernt ins Leere starrte.

»Was ist mit dem?« Aury hätte ihm jetzt am liebsten eine geknallt.

»Er hat eine Tochter!«

Aury fielen sämtliche Gesichtszüge auseinander.

BAND III

SCHLAFLOS

KAPITEL 1

Freitag, 19 August 2016

Charlotte öffnete das Päckchen, sorgsam darauf bedacht, dass Kyra nichts mitbekommen würde. Sie war oben in ihrem Zimmer und hörte, wie so oft, viel zu laut Musik. Doch man konnte nie wissen. Kyra hatte einen ausgeprägten Sinn dafür, dann und dort aufzutauchen, wenn und wo sie nichts zu suchen hatte. Eine der Eigenschaften ihrer Tochter, auf die Charlotte gern verzichtet hätte. Und von denen gab es gar nicht mal wenige. Dennoch: Sie liebte Kyra über alles, und sie musste sichergehen, dass der Inhalt dieses Pakets ihr nicht wehtun würde. Schließlich war es noch nicht lange her, dass sie wieder halbwegs in der Spur lief.

Als Tom an ihrem 14. Geburtstag wieder nicht erschienen war, brach für Kyra eine Welt zusammen. Charlotte konnte das sehr gut verstehen. Sicher, sie konnte auch Tom verstehen. Sie kannte seine Situation und war sich völlig im Klaren darüber, dass er nicht einfach so 1000 Kilometer fahren oder einen Flieger nehmen konnte, wenn er keine brauchbare Ausrede für seine Frau hatte. Im Nachhinein fragte sie sich aber, ob es ein Fehler war, dem Treffen damals zu Kyras Zwölften zuzustimmen. Sie hätte härter gegen ihre Tochter und ihren unbändigen Willen ankämpfen müssen. Sie hätte wissen müssen, dass so etwas geschehen würde. Andererseits: Wer hätte ahnen können, wie gut die beiden sich verstanden? Charlotte würde diesen Tag nie vergessen. Und Kyra hatte das auch nicht. Vater und Tochter hatten keine Stunde gebraucht, um genau das zu werden und zu sein: Vater und Tochter. Charlotte waren die Tränen gekommen, weil sie Kyra bis zu diesem Tag nur sehr, sehr selten dermaßen glücklich gesehen hatte. Die zwei hatten stundenlang miteinander geredet, gespielt, gelacht, herumgealbert. Gerade so, als hätte es die zwölf Jahre davor nie gegeben.

Kyra hatte damals auch keine große Erklärung verlangt. Charlotte hatte ihr schon vor dem Treffen gesagt, dass Tom ein anderes Leben führe und selbst entscheiden müsse, ob und wann er Kyra in dieses Leben einbeziehen würde. Sie schien damit zufrieden zu sein. Am Ende des Tages hatten Charlotte und Tom entschieden, dass Kyra Tom schreiben dürfe. Unter der Bedingung, dass sie Charlotte die Briefe geben musste, die sie dann an Tom adressierte. Tom hatte noch immer nicht gewollt, dass Kyra seinen Namen oder seine Adresse kannte. Er meinte, dazu sei später genug Zeit. Charlotte hatte das sehr gut verstanden. Ein Mädchen wie Kyra könnte sich eines Tages sehr gut in den Kopf setzen, den erstbesten Zug zu nehmen und am nächsten Tag ungefragt bei Tom vor der Tür zu stehen. Tom konnte dieses Risiko nicht eingehen.

Auch damit hatte Kyra überhaupt kein Problem gehabt. Die beiden hatten sich also geschrieben, mehrmals im Jahr. Charlotte sandte auch diese Briefe an die Schrottplatz-Adresse zu einem Herrn »Schüttler«. Tom habe dort »so was wie einen Zweitwohnsitz«, hatte er Charlotte gesagt.

Charlotte hinterfragte das nicht, es ging sie nichts an. Und auch wenn Tom oft eine Weile brauchte, er antwortete Kyra jedes Mal. Kyra strahlte wie die Sonne, wenn wieder ein Brief ihres Vaters im Briefkasten lag. Tagelang war sie dann wie ausgewechselt.

Charlotte konnte dieses Verhalten nicht ganz verstehen. Für sie sah es so aus, als steigere sich Kyra in etwas hinein, von dem sie gar nicht wissen konnte, wie es ausgehen würde. Als kompensiere sie etwas, von dem Charlotte nicht zu sagen wusste, was es war. Hatte ihr eine Vaterfigur etwa so sehr gefehlt? Genug, um alle Vorsicht fahren zu lassen und sich blindwütig emotional in Tom zu verrennen? Charlotte schüttelte den Kopf. Doch wer hätte je einem Teenager Vorsicht in Gefühlsdingen beigebracht, ohne sich eine blutige Nase zu holen? Also verhallten auch Charlottes ohnehin allzu vorsichtige Warnungen, und die Zeit verging.

Bis genau das eintrat, was Charlotte befürchtet hatte. Als Tom an Kyras Dreizehntem nicht kommen konnte und ihr das kurz zuvor schrieb, war sie todunglücklich. Sie fing sich zwar nach ein paar Tagen wieder und genoss am Ende auch ohne Tom ihren Geburtstag; jedenfalls schien es Charlotte so. Sie spürte jedoch, dass Kyra unglaublich verletzt war. Und tatsächlich dauerte es diesmal vier ganze Monate, bis Kyra ihr wieder einen Brief für Tom in die Hand drückte. Tom hatte ihr inzwischen schon zweimal geschrieben. Kyra war einfach unerbittlich stur, wenn sie wollte. Charlotte schmunzelte bei diesem Gedanken. Als Tom, diesmal sehr schnell, auf Kyras Brief geantwortet hatte, war sie fast schon wieder die Alte, soweit es ihn betraf. Und auch Charlotte hatte Hoffnung geschöpft, dass dieses Etwas, das Tom in seiner Tochter geweckt und das ihr ganz offensichtlich gefehlt hatte, nun doch zu einer Konstante in ihrem jungen Leben werden könnte. Kyra hatte es so sehr verdient.

Doch dann, im Februar 2016, kam ihr 14. Geburtstag. Und statt Tom selbst kam auch diesmal, pünktlich zu Kyras Ehrentag, wieder ein Brief, in dem er schrieb, dass er es auch diesmal nicht schaffen würde. Und so wortreich er sich auch entschuldigte (Kyra hatte ihr den Brief vorgelesen), so ehrlich er auch deutlich machte, wie sehr er es bedauerte, so glaubhaft er Kyra auch versprach, er werde ihr alles erklären, wenn die Zeit dazu gekommen sei: Es reichte nicht. Kyra wollte keine Worte. Sie wollte keine Versprechungen, kein Vertrösten auf ein Später, das in ihrem Alter eine Ewigkeit bedeutete. Sie wollte einzig und allein ihren Vater. Kyra hatte sich wütend in ihrem Zimmer verschanzt und deutlich gemacht, dass sie es erst verlassen würde, wenn Tom vor der Tür stünde. Was natürlich völliger Unsinn war. Das wusste auch Kyra. Irgendwann hatte Charlotte dann gehört, wie sie sich die Seele aus dem Leib heulte. Stundenlang. Charlotte brach es fast das Herz. Ihre arme, süße Kleine. Sie war viel zu jung, um so bitter enttäuscht zu werden. Als Kyra am Nachmittag schließlich aus ihrem Zimmer kam – mit rotgeränderten Augen, die eine so tiefe Traurigkeit in sich trugen, dass es kaum zu ertragen war – hatte Charlotte sie einfach nur in den Arm genommen und mit ihr zusammen geweint. Um sie irgendwann anzusehen, ein Lächeln fertigzubringen und zu sagen: »So, und jetzt tanzen wir das Ganze aus!«

Sie war zur Stereoanlage gegangen, hatte sie laut aufgedreht und Paul Simons »You can call me Al« gestartet. Die beiden kannten schnell kein Halten mehr. Charlotte war immer ein Kind der 80er gewesen, was die Musik anging. Ihren Kindern war daher nie die Wahl geblieben, sie mussten die größten Hits dieses Jahrzehnts einfach kennen, ob sie wollten oder nicht. Und auch wenn sie das Schicksal aller Eltern teilte, die eines Tages erkannten, dass ihre Kinder meist leider nicht ihren Musikgeschmack geerbt hatten: Kyra liebte dieses Lied! Sie hatte damals auf dem Boden gelegen vor Lachen, als Charlotte ihr das dazugehörige Video zum ersten Mal vorspielte. Um sich anschließend – sie war zehn! – wirklich jeden Chavy Chase- Film anzusehen, den sie irgendwie in die Finger bekam. Was für ein Kind!

Also tanzten die beiden es aus – sie sprangen, sie jauchzten, sie sangen mit, sie spielten Luftinstrumente, ob beim Bläsersatz, dem Conga- oder Bass-Solo, und vollführten den aberwitzigen Tanzschritt von Simon und Chase, als gäbe es nur sie beide. Es war herrlich, und es war befreiend. Es war genau das, was Kyra gebraucht hatte. Danach hatten sie sich eine schöne heiße Schokolade gemacht, Kyra hatte ihr Geburtstagsgeschenk ausgepackt und bis zum Abend ihren Schmerz so weit verdrängt, dass sie ihre Party zumindest mit Spaß feiern konnte.

Seither war der Kontakt abgebrochen. Kyra war viel zu stolz, um ihrem Vater auch nur noch ein einziges Wort zu schenken, bis er nicht eines Tages wortwörtlich vor ihr im Staub kriechen würde. Ob sie nun erst 14 war oder nicht: Niemand, der Kyra Leibniz näher kannte, konnte daran zweifeln, dass ihr Herz verschlossen war. Und bleiben würde.

Und nun dieses Päckchen. Charlotte fand darin zwei Briefumschläge. Einer davon war an sie selbst gerichtet. Sie öffnete ihn. Es waren nur wenige Zeilen, keine halbe Seite. Doch die hatte es in sich.

»Liebste Charlotte,
es gibt zwei Möglichkeiten, was diesen Brief angeht: Entweder ich komme sehr bald zu euch, und du kannst ihn mir zurückgeben. Oder ich werde gar nicht mehr kommen.
Falls es dazu kommt, bitte ich dich nur um zwei Dinge:
Verurteile mich nicht.
Und: Gib Kyra den Brief, wenn du denkst, dass sie dazu bereit ist.
Du wirst es verstehen.
Eines sollst du wissen, ob ich euch bald sehen werde oder nicht:
Dieser Abend und die Nacht mit dir hätte alles für mich verändern können. Hätte ich damals nur gewusst, was ich heute weiß. Und auf mein Herz gehört. Ich danke dir dafür. Und ich danke dir für dieses unglaubliche Kind.
In Liebe,
Tom«

Spinnt der?, war das Erste, was Charlotte dachte. Redet von Liebe. Der Mann kennt mich doch kaum? Kyra konnte er nicht gemeint haben – dieser Brief war an sie adressiert, nicht an seine Tochter. Seltsam. Sie las den Brief noch einmal, kopfschüttelnd. Und ein unguter Gedanke beschlich sie dabei. Etwas an diesen Zeilen war merkwürdig. »Gar nicht mehr kommen«, »Verurteile mich nicht«, »Du wirst es verstehen«; all das klang nach Abschied. Doch das passte nicht damit zusammen, dass Tom vielleicht bald zu ihnen kommen würde. Zu einem Liebesgeständnis schon mal gar nicht. Und überhaupt, was sollte sie nicht verurteilen? Sie hatte ihn doch bisher noch nie verurteilt. All das kam ihr merkwürdig vor, doch sie konnte sich darauf keinen Reim machen, so sehr sie auch grübelte.

Sie hielt den Briefumschlag in der Hand, der an Kyra adressiert war. Er war schwerer als ihr eigener Brief, und darin befand sich etwas, das ein Schlüssel sein konnte oder etwas sehr Ähnliches. Charlotte wurde neugierig. Den Brief zu öffnen, wäre ihr dennoch nie in den Sinn gekommen. Dazu wäre noch Zeit, wenn Tom wirklich nicht bald auftauchen sollte. Also tat sie, was zu tun war, wenn man ohnehin nicht weiterkam: Sie versteckte beide Briefe in ihrem Schlafzimmer, warf die Päckchenreste ganz unten in den Müll und wartete ab, ob Tom bald vor der Tür stehen würde.

Es sollte keine Woche vergehen, bis die deutschen Medien und ihr Aufmacher Nummer Eins ihr die gegenteilige Gewissheit verschafften: Tom würde nicht kommen.

Oh ja, sie verstand. Sie verstand sogar sehr gut. Sie verstand, dass die Wahrheit über »Thomas von H.«, den Mörder und Attentäter aus Deutschland, am besten niemals zu einem Gesprächsthema in ihrem Haus werden würde. Und dass Kyra diesen Brief nicht in die Hände bekommen durfte. Jedenfalls noch nicht.

KAPITEL 2

Samstag, 29.08.2020

Es half nichts. Der Sommer ging zu Ende. Torben Kanther stand am Panoramafenster seines Wohnzimmers und blickte in den Garten, in dem die Wildbienen sich an dem labten, was noch blühte. Und das war reichlich. Seine Frau hatte ihren Garten nach und nach in ein Paradies für alles verwandelt, was kreuchte und fleuchte. Von Februar bis November gab es Futter für die Bienenwelt, ganzjährig ebensolches für die Vögel, und Torben hatte schon mehr als einmal scherzhaft angedeutet, dass sie vermutlich mehr Geld für Tierfutter ausgaben als für das eigene Essen. Doch er liebte es. Der Anblick dieser zwar ungeordneten, aber irgendwie doch einem Muster folgenden Blütenpracht und der vielen summenden Insekten, die sich daran schadlos hielten, entspannte ihn. Beruhigte ihn. Und etwas Beruhigung konnte er gut gebrauchen.

Er war nun seit über einem Jahr in Pension. Hatte sich daran gewöhnt. Lernte, seinem Leben einen neuen Rhythmus zu geben. Sich neue Beschäftigungen zu suchen. Die Zeit zu investieren, die er zuvor nie gehabt hatte. Seine Kinder viel besser kennenzulernen, als er das jemals gekonnt hatte. Und nicht zuletzt hatte er gelernt, wieso es für ihn nie eine andere Frau als Nicole gegeben hatte. Sie führten wieder ein Eheleben. Ein anderes als früher, bevor die

Kinder gekommen waren. Aber ganz sicher nicht weniger schön. Im Gegenteil, alles war intensiver. Alles war bewusster. Und nichts an ihr, das ihn einmal fasziniert hatte, war über all die Jahre vergangen. Sie verzauberte ihn heute beinahe noch mehr als am ersten Tag. Und sie konnten all das genießen. Die Kinder waren groß, Gustav schon aus dem Haus, und die zwei anderen versorgten sich weitgehend selbst. Vor allem – anders als bei vielen, die Torben kannte – waren sie alle drei halbwegs normal. Abgesehen von den typischen und zumindest im Ergebnis meist guten Begleiterscheinungen des Erwachsenwerdens gab es nur wenig, was Nicole und ihm je wirklich Sorgen bereitet hätte. Und Torben genoss es, dass er nun die Zeit hatte, sich um genau diese Sorgen zu kümmern, ganz gleich, wie klein sie waren.

Kurz: Das Leben war perfekt! Oder wäre es. Wenn nicht auf der anderen Straßenseite die Kollegen ihre Runde drehen würden. Torben konnte das Ganze zwar verstehen. Von Akzeptanz war er allerdings noch weit entfernt. Zumal es nichts, aber auch gar nichts gegeben hatte, was er nach dem Irrsinn seiner letzten Berufsjahre weniger vermisst hatte als die Polizei. Nach einem Berufsleben voller Leidenschaft für diesen Job war das zwar das letzte, was er sich hätte vorstellen können. Und ein bisschen tat es auch weh. Aber zu guter Letzt hatte er sich damit angefreundet. Schon, weil es Schlimmeres gab, wenn man sich gut im Ruhestand zurechtfinden möchte, als den Job so schnell wie möglich aus dem Kopf zu kriegen.

Die Narben der Dinge, die ihm diesen Zustand eingetragen hatten, blieben aber doch. Und manchmal brannten sie. So wie heute. So wie gestern. Wie in dem Moment, als er erfuhr, dass sein Leben in Gefahr war. Und zwar genau wegen all dem. Wegen Tom. Wegen dem, was er getan hatte. Und dem, was Torben nicht getan hatte. Er sah die Szenerie vor sich, wie so oft. Sah Tom dort stehen, mit der Fernbedienung in der Hand. Torben konnte seine Verwirrung, seine Unsicherheit, seine hilflose Wut fühlen, all das, was er damals empfunden hatte. Und die Unfähigkeit.

Tom von Haehling nicht erschossen zu haben, würde ihn bis zuletzt verfolgen, das wusste er. Ganz gleich, womit er sich diese Tatsache von der Seele zu argumentieren versuchte. Dass Isabelle ja immerhin geschossen hatte. Dass auch diese Schüsse nichts gebracht hatten. Dass es, Schüsse hin oder her, damals keine Möglichkeit mehr gegeben hatte, den Anschlag zu verhindern. Dass Tom, den er so lange gekannt und dem er blind vertraut hatte, eigentlich ein Irrer gewesen war. Ein Irrer, der Menschen ermordet hatte. Und es schaffte, dieses wahnsinnige Doppelleben nicht nur vor ihm, sondern selbst vor der eigenen Frau geheim zu halten, jahrelang. Und dass er, Torben, für all das genug gebüßt hatte. Monate der Ungewissheit. Ob Tom erwachen würde. Wie die Prozesse ausgehen würden. Was sie ihm selbst disziplinarisch anhängen würden. Was dann aus ihm werden würde.

Und dann das Ende. Strafversetzt! Verdammt dazu, seine letzten Berufsjahre in der Verwaltung zu sitzen. Er, für den es nie etwas anderes gegeben hatte, als Ermittler zu sein, wurde zu einem Schatten seiner selbst. Setzte sich mit der Umstellung der Telefonanlage im PP Düsseldorf auseinander. Mit der Überarbeitung von Dokumentenvorlagen. Mit der Gleichförmigkeit von Stellenausschreibungen. Es war der lebendige Albtraum! Wie oft war Torben kurz davor gewesen aufzugeben. Sich einen dieser Ärzte zu suchen, die dich mit den richtigen Symptomen sofort auf den sicheren Weg in die Frühpensionierung schicken. Und die hätte Torben gehabt. Er hätte nicht einmal schauspielern müssen. Er war sehr nahe an der Depression gewesen; um das zu wissen, brauchte er keinen Arzt. Und doch hatte er durchgehalten. Sich durchgebissen bis zum letzten Tag. War gegangen ohne ein Wort. Ohne Abschiedsfeier. Hatte seine persönlichen Sachen in zwei Kartons verpackt, sie ins Auto gewuchtet, und war nach Hause gefahren.

Oh ja, er hatte genug gebüßt. Also warum, zum Teufel, wollte ihn jetzt noch jemand töten? Jetzt, wo all das Geschichte war? Wo sein Leben nur noch schön hätte sein sollen? Und wieso hatte dieser Jemand Isabelle getötet? Torben spürte, wie seine Augen brannten. Isabelle und er waren im Unfrieden auseinandergegangen, vor etwa zwei Jahren. In einer Anhörung vor dem Innenausschuss des Landtages hatte Isabelle ihm mehr oder weniger vorgeworfen, dass er nicht geschossen hatte. Und dass ihr Leben nur deswegen aus den Fugen geraten sei, weil sie in dieser Situation dachte, selbst schießen zu müssen. Was aus ihrer Sicht zwar stimmte. Aber es war der Komplexität der Situation, in der sie damals gesteckt hatten, nicht gerecht geworden. Und ihre Aussage war natürlich gefundenes Fressen für die Pressemeute, die ihn daraufhin ordentlich zerrissen hatte. Isabelle und er hatten sich damals gestritten. Und seither kein Wort mehr miteinander gesprochen. Und jetzt war sie tot.

Paulus hatte ihn gestern aus Bayern angerufen und ihm alles erzählt. Ihm auch gleich erklärt, dass sie ihn so gut unter Schutz stellen würden, wie es irgend möglich war. Seither bestreiften die Kollegen sehr regelmäßig sein Haus. Und Torben und seine Familie fühlten sich alles, aber nicht sicher. Denn seine bis gestern sorgsam aufgebaute, wieder richtig heile Welt war mit einem Schlag kaputtgegangen. Da draußen war jemand, der ihn töten wollte. Paulus war sich darin sicher. Und Torben, ehrlich gesagt, auch. Paulus hatte mehr erzählt, als er gedurft hätte. Und Torben war lange genug selbst im Geschäft gewesen, um es genauso zu sehen wie Paulus.

Dass ihn jemand töten wollte, war nicht nur möglich. Es war, gemessen an den Menschen, die bereits tot waren, wahrscheinlich. Sehr wahrscheinlich. Nur, wer ihn töten wollte – da fehlte ihm jeder sinnvolle Einfall. Torben erschauerte. Eine leise Angst kroch seinen Rücken herauf, und mit einem Mal schien ihm das mollig warme Wohnzimmer nicht mehr warm genug. Nein, dachte er, reiß dich zusammen! So schwach war er nicht. Wenn ihn schon jemand töten wollte, dann würde es nicht leicht werden. Denn Torben hatte noch Kraft. Mehr als genug! Und die Chance auf das Leben, an das er sich gerade erst gewöhnt hatte, wollte er sich von niemandem kaputtmachen lassen.

Komm nur, dachte Torben, aber ich verspreche dir eins: So leicht kriegst du mich nicht klein! Er tastete nach der Pistole, die er sorgsam geholstert am Gürtel trug.

KAPITEL 3

Samstag, 29.08.2020

Sie waren hier fertig.

Brunner hatte sich selbst die Zeit genommen, um mit ihnen zum Ferienhaus der von Haehlings zu fahren. Dessen abgeschiedene Lage – in Kombination mit dem, was hier passiert war, und dem leichten Morgennebel – durchaus etwas Gespenstisches hatte. Nachdem er Tamara, Paulus und Aury den eigentlichen Tatort gezeigt hatte, den sie bisher nur von Fotos kannten, gingen sie die Spurenlage noch einmal gemeinsam durch. Was nichts daran änderte, dass sie ähnlich dünn war wie bei den anderen Morden. Da Isabelle von Haehling noch vor dem Haus angegriffen worden war, war die Suche nach Faserspuren, geschweige denn DNA, mehr als sportlich. Die lokale Tatortgruppe hatte getan, was sie konnte. Mit Ausnahme einer Faser, die von einem dunklen Kleidungsstück stammen konnte, und einem hauchdünnen Schuhabdruck schien jedoch nichts dabei zu sein, was sie vorangebracht hätte. Und selbst diese Spuren waren nutzlos, solange man sie nicht vergleichen konnte. Paulus war sich allerdings ziemlich sicher, dass die Schuhspur schon mal nicht zu der passte, die sie im Wald beim Friedrichs-Mord gesichert hatten. Und mehr gab es hier nicht zu holen.

Das Haus an sich war nichts, was sie einem Motiv und damit der gezielten Suche nach dem Mörder näherbringen konnte. Isabelles Leiche lag in der Gerichtsmedizin und würde sie aller Voraussicht nach nur zu denselben Schlüssen führen wie die beiden anderen Leichen. Und mit Ausnahme der alten Edeltraud hatten sich keine weiteren Zeugen aufgetan, die mehr zur Sache beitragen konnten als die korrekte Beschreibung der abendlichen Nahrungsaufnahme im Stammlokal. Das war dünn. Und was das Ganze schlimmer machte: Sie waren nicht nur hinter einem Mörder her, den es zu finden und hinter Gitter zu bringen galt. Sie waren hinter einem Mörder her, der weitermorden würde. Es galt also zuallererst immer noch, weiteres Morden zu verhindern. Und das konnten sie nicht aus Bayern heraus.

Paulus drückte auf die Tube. Er hatte das Blaulicht des Zivilfahrzeugs auf dem Dach befestigt und es auch angemacht. Ob der Grund dazu – dass sie es einfach verdammt eilig hatten, nach Düsseldorf zurückzukommen – eigentlich ausreichte oder nicht, war ihnen allen herzlich egal. Sie mussten nach Hause, und zwar schnell. Und bis dahin galt es, noch einmal alles auf den Tisch zu legen. Paulus begann, kurz nachdem sie auf die Autobahn aufgefahren waren. Die Geschichte, die er zu erzählen hatte, war spannend.

Tom von Haehling hatte ein Kind gehabt. Eine Tochter, um genau zu sein. Das Mädchen musste jetzt etwa 18 Jahre alt sein, hieß Kyra und lebte in Österreich. Der Name der Mutter war Charlotte. Und mehr wusste bisher niemand. Dass das Kind überhaupt eine Rolle spielte, war den Briefen geschuldet, die man im Kofferraum des Tatfahrzeugs von Tom von Haehling in Köln gefunden hatte. Nur die Briefe, keine Umschläge. Daher waren auch nur die beiden Vornamen der Mutter und des Kindes bekannt. Man hatte damals überlegt, ob man die Spur weiterverfolgen sollte, scheiterte aber an den Möglichkeiten der polizeilichen Rechtshilfe. Weder Mutter noch Tochter hatten etwas mit von Haehlings Taten zu tun gehabt. Den Kollegen in Österreich wäre also nicht zu vermitteln gewesen, wieso sie, lediglich mit zwei Vornamen in der Hand, landesweit die Einwohnermelderegister durchforsten lassen sollten, um herauszufinden, wie die beiden hießen und wo sie genau lebten.

Das Polizeipräsidium Düsseldorf hatte sich damals damit begnügen müssen und das Ganze ad acta gelegt. Außer Paulus und Torben Kanther, der anfangs noch mit ermittelt hatte, wussten nur wenige Kollegen von der Tochter in Österreich. Wenn sich überhaupt noch jemand daran erinnerte. Denn außer der spannenden Lebensgeschichte, die dahintersteckte: Wirklich wichtig gewesen war das damals nicht.

Doch heute war es wichtig! Das war es jedenfalls, was Paulus den beiden Frauen zu erklären versuchte. Entgegen der Skepsis, die die beiden wortlos miteinander ausgetauscht hatten. Ein 18-jähriges Mädchen, das seinen Vater, dem Inhalt der Briefe zufolge, kaum gekannt hatte, gäbe keine allzu gute Verdächtige ab. So sah es Tamara. So sah es auch Aury. Paulus sah es nicht ganz so. Für ihn war die Tochter eine Spur, die es diesmal, anders als damals, abzuarbeiten galt. Paulus war sich zwar ebenso sicher, dass sie einen Mann suchten. Und er nahm auch nicht an, dass die junge Kyra, kaum erwachsen geworden, ausziehen würde, um ihren Vater zu rächen, indem sie schwertschwingend Menschen köpfte. Zumal Menschen, die ihrem Vater doch eigentlich, jedenfalls aus Sicht einer Außenstehenden, geholfen hatten! Doch er wurde das Gefühl nicht los, dass das Mädchen mit all dem zu tun haben könnte.

»Wenn wir schon von Rache sprechen – und ich bin noch nicht weg von der Idee, dass es auch ein Nachahmer sein könnte! – dann kann ich jemanden nicht ignorieren, von dem ich absolut nichts weiß, außer, dass es eine enge Blutsverwandtschaft gibt«, gab Paulus zu bedenken. Ein Punkt, den Tamara nicht von der Hand weisen wollte.

»Okay, verstehe ich«, gab sie daher zurück. »Aber wo und wie sollten wir anfangen, um an das Mädchen heranzukommen? Wir haben auch heute nicht mehr als zwei Vornamen und ein Land. Das ist verdammt wenig.«

Aury sekundierte. »Und Martin, sei mir bitte nicht böse: Aber hältst du es für klug, wertvolle Zeit in die Suche nach dem Mädchen zu investieren? Wir haben, wenn unsere Theorie stimmt, mit Sicherheit noch zwei Morde, die verhindert werden müssen. Und wenn sie nicht stimmt, vielleicht noch mehr. Sollten wir also nicht lieber noch einmal alles durchgehen, was wir schon haben, und weitersuchen, um auf bessere Spuren zu kommen?«

Paulus fühlte sich in die Enge gedrängt. Er wusste, er hatte sich vielleicht in etwas verrannt. Er verstand auch, was die beiden ihm sagten. Aber ganz von seiner Idee lassen wollte und konnte er nicht. Er rieb sich die Schläfen.

»Ja, verstehe ich alles, sehe ich alles. Stimmt auch alles. Aber wenn ich irgendetwas in diesem Job gelernt habe, dann, dass wirklich gar nichts sicher ist, bis ich es bewiesen habe. Und dass nichts unmöglich ist, bis ich nicht überprüft habe, dass es unmöglich ist. Und so leid es mir tut: Unmöglich ist es nicht! Das Mädchen kann mit all dem hier zu tun haben. Sie muss nicht. Aber sie kann. Und deshalb müssen wir zumindest versuchen, mehr herauszufinden. Mit kleinem Besteck, okay?« Er sah Aury erwartungsvoll an, als brauche er ihre Zustimmung. Sie nickte.

»Okay, dann rufe ich jetzt Ramon an, sage ihm, er soll sich die Briefe aus den Altakten ziehen und sich einlesen. Alles, was es dann noch braucht, ist ein Anruf bei den Österreichern. Und wie gut, dass wir das BKA an Bord haben – ich bin mir sicher, der kurze Draht ist nützlich.«

Tamara grinste. »Ja, ich denke, ich weiß schon, wen ich da unten anrufe. Aber wirklich erst, wenn wir was haben, was ich dem erzählen kann, okay? Dann schauen wir mal, wie weit wir kommen. Aber bis dahin vergrabe ich mich so tief in den Betroffenenakten, dass ich Staub atme. Irgendwas muss da zu finden sein!«

»Absolut, ja. Und Aury?«

»Ich weiß schon. Ich nehme alles, was ich an Daten der Bayern habe, und lasse das mit dem Bestand abgleichen, den wir haben. Vielleicht kriegen wir ja endlich einen Treffer. Mir kann keiner erzählen, dass der Typ nicht wenigstens ein Handy dabeihatte, als er mit dem Rad die Gegend erkundet hat. Selbst wenn das Ding offline war, als er die von Haehling köpfen ging, irgendwann muss es an gewesen sein. Hoffen wir mal das Beste.«

»Okay, dann wäre das geklärt. Ich schaue mir, sobald wir zurück sind, an, was wir sonst noch haben, und gehe auch noch mal in Ruhe über alles, was wir schon abgehakt hatten. Die Schwertkäufer zum Beispiel. Eine neue heiße Spur haben wir nicht, sonst hätte uns Ramon längst angerufen. Also müssen es die alten tun. Ich hoffe nur, dass wir Kanther mehr bieten konnten als alle sechs Stunden eine Streife.«

Paulus machte sich große Sorgen um seinen alten Bärenführer. Man hatte es ihm schwer genug gemacht nach dem Anschlag, und er hatte so sehr für ihn gehofft, dass er seinen Frieden mit all dem machen und den Ruhestand genießen könnte. Und jetzt das!

»Und was ist eigentlich mit Niessen?«, riss Tamara ihn abrupt aus diesem Gedanken.

Niessen. Ja. Verdammt! Ihn hatte er gedanklich fast schon abgehakt. Die Kollegen hatten ihn gestern Nachmittag nicht zu Hause angetroffen und eine Nachricht im Briefkasten hinterlegt. Doch bislang hatte er sich nicht gemeldet, sonst hätte man es Paulus längst berichtet. Wo steckte der Kerl? Hoffentlich war er nicht verreist. Wobei: Wenn schon die Polizei nicht wusste, wo er war, würde das mit etwas Glück auch auf den Mörder zutreffen. Doch Vorsicht, dachte Paulus bei sich, vorschnelle Schlüsse sind selten klug. Er rief Ramon an. Der ihm aber, nachdem sie die anderen Punkte durchgegangen waren, zu Niessen auch nur mitteilen konnte, dass er sich noch nicht gemeldet hatte.

»Tut mir den Gefallen, Ramon«, sagte Paulus, »schreibt das irgendwie so zusammen, dass es ausreicht, um Niessens Handy zur Gefahrenabwehr zu suchen, und macht es. Wir müssen den Mann finden und informieren. Ich bin ziemlich sicher, dass er auf der Liste unseres Mörders steht.«

»Na, ob das reicht?«, fragte Ramon zu Recht.

»Muss reichen! Friemelt notfalls alles beieinander, was wir an Verbindungen zwischen den drei bisherigen Opfern haben, und konstruiert dann die Brücke zu Niessen. Das muss irgendwie gehen. Und zwar, bevor ich zurück bin, um das selbst zu erledigen. Okay?« Paulus war deutlicher geworden, als er beabsichtigt hatte.

»Ja klar, Mann, komm runter, ich krieg das schon hin.«

Paulus seufzte.

»Danke, Ramon. Und nichts für ungut. Meine Nerven liegen ein bisschen blank«.

»Kann ich verstehen. Fahrt trotzdem vorsichtig. Bis später!« Ramon legte auf.

»Okay, viel mehr können wir jetzt nicht tun«, sagte Paulus. »Außer vielleicht einen Fahrerwechsel.«

Aury lachte auf. »Ja, das war auch meine Idee. Na los, fahr die nächste raus, ich übernehme.«

KAPITEL 4

Samstag, 29.08.2020

Christof Schmieder freute sich auf den Feierabend. Er hatte sich fest vorgenommen, heute allerspätestens um 15 Uhr die Biege zu machen. Er hatte seinen Kindern versprochen, mit ihnen auf die Sommerrodelbahn zu fahren, und das würde er auch. Komme, was wolle! Er aß seinen Döner und ärgerte sich wieder einmal darüber, dass er sich nichts Vernünftiges von zu Hause mitgenommen hatte. Aber sei es drum. Solche Lagen brachten mit sich, was sie immer mit sich brachten: ungesundes Essen, mangelnden Schlaf und viel zu viele Stunden Arbeit. Christof liebte es!

Die Videosequenz, die gerade in Endlosschleife lief, war dieselbe, die Aury gefunden hatte, und mit der seine Jagd auf vergleichbare Sequenzen begonnen hatte. Leider hatte auch er bislang mit Ausnahme des einen Videos, auf dem der Sporttaschentyp zu sehen war, nichts Weiteres finden können. Also versteifte er sich darauf, wann immer er die Zeit fand, die beiden Videos wieder und wieder zu sehen und zu denken. Manchmal brauchte es Druckbeschallung, damit sein Gehirn anständig arbeitete. Und es gab schlechtere Möglichkeiten, sich die Mittagspause zu vertreiben als diese. Also hatte er die Kopfhörer aufgesetzt und sich erst mal ordentliche Mucke gegönnt. Halloweens »Keeper of the seven keys« hatte den Vorteil, dass man es nur zweimal hören musste, und schon war die Mittagspause vorbei. Und während Christof sich nicht zum ersten Mal fragte, wie der Drummer der Band das live spielen konnte, ohne vor Erschöpfung rückwärts vom Hocker zu fallen, aß er seinen Döner. Und sah zu, wie dasselbe Fahrrad mit demselben Menschen wieder und wieder durchs Bild fuhr.

Derselbe Mensch. Dasselbe Fahrrad. Immer wieder. Christof fiel der Döner aus der Hand. Das Fahrrad! Wieso war er darauf nicht sofort gekommen? Das war kein hundsgewöhnliches Fahrrad. Christof war kein leidenschaftlicher Radfahrer, aber dass das hier ein besonderes Bike war, sah man schon an den Rädern. Der Rahmen selbst schien der eines Rennrades zu sein, aber die Räder, die man trotz der Dunkelheit ganz gut erkennen konnte, machten beinahe den Eindruck, als seien sie aus alten Flugzeugrotoren gebaut. Viel mehr konnte man zwar nicht erkennen, dazu war das Bild dann doch zu dunkel. Aber dass er hier mit etwas Glück ein Hightech-Rad vor sich sah, schien ihm immer wahrscheinlicher. Und für Hightech-Räder gab es in wirklich jeder noch so kleinen Polizeistation irgendwo Experten!

Christof ging in den Aufenthaltsraum, wo mehrere seiner Kolleginnen und Kollegen saßen, die Wert auf echte Pausen von der Arbeit legten. Er fiel gleich mit der Tür ins Haus.

»Hey, weiß irgendjemand von euch, ob wir einen totalen Radfreak unter uns haben? Oder zumindest im PP?«

»Das wäre dann ich«, gab Sven zurück, ein junger Kommissar, der auch genauso sportlich aussah, wie der Satz schon vermuten ließ.

»Svenja aus der Sitte ist Triathletin, die dürfte sich auch ganz gut auskennen«, meinte Julia, die sich gerade an ihrem Pizzastück erfreute.

»Okay, das sind schon mal zwei Anfasser. Sven, kommst du dann bitte rüber, sobald du fertig bist? Ich brauche da mal einen fachmännischen Rat.«

»Aber klar doch«, antwortete der junge Kollege.

Fünf Minuten später stellte sich heraus, dass er zwar leidenschaftlicher Mountainbiker war und Christofs Ansicht teilte, dass es sich hier zumindest um ein teures Rad handeln könnte, aber darüber hinaus auch nichts Wertvolles beizutragen hatte. Erst als Christof Svenja Dahmen erreicht hatte, die sich am frühen Nachmittag ausnahmsweise für ihn zur Dienststelle quälte, kamen sie voran. Svenja wusste zwar auch nicht, um welches Fahrrad es sich handelte. Aber sie versprach, dass sie es herausfinden würde. Spätestens mithilfe ihrer Triathleten- Truppe, mit der sie vernetzt war. Also hieß es wie so oft in diesem Job: warten! Und hoffen. Doch immerhin eines hatte Christof geschafft: Er ging pünktlich um 15 Uhr in den Feierabend.

KAPITEL 5

Samstagabend, 29.08.2020

Niessen verstand die Welt nicht mehr. Und Ulrike noch weniger. Was wollte denn jetzt die Polizei von ihm? Und vor allem: Was wollte ausgerechnet die Polizeiinspektion Ahrweiler von ihm? War er zu schnell gefahren oder was? Dafür würden sie ja kaum eine solche Wallung machen. Hatten Ulrike und er irgendwelche Corona-Vorschriften missachtet? Wohl kaum. Aber was half das Grübeln? Sie würden es ihm schon sagen, wenn sie hier wären.

Ulrike und Niessen saßen im Barbereich des Steigenberger Hotels und hatten eigentlich gerade beschlossen, aus dem gemeinsamen »Absacker« im Hotel doch noch eine Verlängerung des Abends in seiner Suite zu machen. Was einigermaßen stürmisch war für zwei Menschen in ihrem Alter, die sich heute Morgen erst kennengelernt hatten. Andererseits jedoch etwas, worüber erwachsene Menschen nicht besonders lange nachdenken mussten. Sie beide wussten bereits genug voneinander, um sich einschätzen zu können, und sie waren sich heute derart nahegekommen, dass man schon behaupten durfte, es »funkte«. Und nachdem sie sich am Ende des wirklich köstlichen Abendessens in einem Restaurant namens Ambiente geküsst hatten, war noch etwas geklärt: das konnten sie verdammt gut miteinander! Was brauchte es also mehr? Als Ulrike ihn also vorhin verschmitzt angesehen und – eine passendere Vokabel fiel ihm einfach nicht ein – kokett gesagt hatte, dass sie jetzt doch Lust hätte, ganz andere Sachen zu probieren als Wein, war er kurz aus allen Wolken gefallen. Um gleich darauf dem Kellner zu winken, damit er abkassieren könnte.

In freudiger Erwartung dessen, was kommen sollte, hatte er es kaum in seinem bequemen Sessel ausgehalten. Er war ganz hibbelig gewesen und fühlte sich ein weiteres Mal wirklich, wirklich jung. Bis die im Gegensatz zu ihm tatsächlich junge Frau an der Rezeption in seine Richtung kam und dabei eine Hektik verbreitete, die ihm sofort unnatürlich vorkam. Um ihn zu fragen, ob er Rolf Günther Niessen sei (es waren nicht viele Gäste im Hotel, was in der aktuellen Situation nicht verwunderlich war). Und, als er bejaht hatte, noch eins draufsetzte:

»Die Polizei hat angerufen. Die suchen Sie! Da muss was Schlimmes passiert sein, so wie die geklungen haben. Es ist wohl am besten, wenn Sie hier warten, da sind schon welche unterwegs.«

Also saßen sie hier. Und warteten. Niessen hatte aus der Not eine Tugend gemacht und doch noch ein Glas Wein bestellt. Er musste zugeben, dass er sich geirrt hatte. Der Rotwein, den sie tranken, »PJ Signatur« vom Weingut Burggarten, war einfach nur sensationell. Und wenn die Ahrweine in dem Preissegment schon so gut waren, würde er sich ganz sicher schnell an sie gewöhnen. Für jetzt genoss er den eleganten, runden Spätburgunder und versuchte, seine angespannten Nerven so gut es ging zu beruhigen. Bis die Beamten kurze Zeit später auftauchten.

Was man, ärgerlicherweise, schon vorher hören konnte. Die kamen allen Ernstes mit Martinshorn gefahren! Als würden hier Geiseln gehalten. Was zur Hölle sollte das denn? Zwei Polizisten betraten das Steigenberger. Ein älterer Mann – sicher der Dienstgruppenleiter, wie der »alte Profi« in Niessen sich sofort zu Wort meldete – und eine Kollegin etwa im mittleren Alter. Beide schritten energisch aus und gingen auf die Rezeption zu. Die junge Frau, die vorhin zu ihm gekommen war, deutete bereits auf Ulrike und ihn, und die Polizisten änderten ihre Richtung. Er stand auf.

»Darf ich bitte erfahren, was hier los ist? Ich bin doch kein Verbrecher! Was wollen Sie denn um diese Zeit von mir? Und wieso dieses Aufheben? Es muss doch nicht jeder mitkriegen, dass die Polizei nach mir sucht, verdammt!«

Der ältere Beamte setzte eine entschuldigende Miene auf.

»Herr Niessen? Rolf Günther Niessen?«

»Ja, der bin ich. Das erklärt aber immer noch nicht ...« Weiter kam er nicht. Der Beamte unterbrach ihn.

»Herr Niessen, mein Name ist Piel. Ich würde Ihnen gern erklären, wieso wir hier sind. Ich denke aber, dazu sollten Sie sich hinsetzen.«

Niessen wurde unruhig. Irgendwas stimmte doch hier nicht? Verhaftet wurde er nicht, das war schon mal klar. Und wieso wirkte Piels Kollegin, als wollte sie die gesamte Lobby samt Bar und Restaurant gleichzeitig im Blick behalten? Was, zur Hölle, war hier los? Er setzte sich. Ulrike berührte ihn am Arm. Auch ihr schien klar zu sein, dass etwas Größeres im Gange war. Dass sie nicht überreagiert hatte und sofort fortgestürmt war, als die Polizei erwähnt wurde, machte sie noch einmal sympathischer. Diese Berührung erst recht.

»Also, Herr Niessen«, begann Piel, »wir wurden heute vom Polizeipräsidium Düsseldorf angerufen. Offenbar hatte man dort versucht, Sie zu erreichen, fand Sie aber weder bei sich zu Hause vor noch bekam man Sie ans Telefon.«

»Kein Wunder, wenn ich hier bin«, wandte Niessen schnippisch ein, »und meine Handynummer kennt ganz bewusst kein Mensch, wieso sollte ich sie ausgerechnet bei der Polizei hinterlassen?«

»Alles gut, Herr Niessen, ich verstehe das. Es ändert aber nichts an der Situation. Man hat versucht, Sie zu erreichen, weil Sie in Gefahr sind, Herr Niessen. Und, wenn ich das alles richtig verstanden habe, kann ich es leider auch nicht sanfter ausdrücken: Sie sind in tödlicher Gefahr!«

Ulrike machte ein japsendes Geräusch. In und um Niessen selbst drehte sich alles. Es hatte keine Sekunde gedauert, bis sein Gehirn alles ausgekramt und kübelweise über ihm ausgeschüttet hatte, was er in den vergangenen Jahren mühsam, aber sorgfältig verschlossen hatte. Selbst die Flammenhölle tauchte plötzlich wieder vor seinem geistigen Auge auf. Er atmete schwer. Er begann zu schwitzen. Beinahe wäre er aus dem Sessel gefallen. Doch er fing sich. Es kostete Kraft. Reichlich Kraft sogar. Doch am Ende hatte er sich beruhigt. Jedenfalls weit genug, um dem Polizisten weiter zuzuhören.

»Okay, Herr Piel. Jetzt haben Sie mich genug geschockt. Erklären Sie mir bitte ganz genau, was die Düsseldorfer Ihnen gesagt haben.«

Etwa zehn Minuten später war alles gesagt. Und Niessens Entschluss stand fest. Er würde hierbleiben. Allerdings nicht im Hotel. Wenn selbst die Polizei ihn nicht gefunden hatte, ohne (zu Recht, wie er fand!) mit einigem Aufwand seine Handynummer herauszubekommen und ihn damit zu orten, würde das außerhalb der Polizei zwar noch schwerer werden. Aber es war nicht unmöglich. Doch selbst wenn derjenige, der hinter ihm und Kanther her war, wusste, dass er im Ahrtal war, würde er ihn niemals bei der Frau finden, die er heute erst kennengelernt hatte. Und Ulrike stimmte zu. Ohne große Worte, ohne lange Fragen. Tapfere Frau, dachte er. Sie stieg und stieg in seiner Achtung.

Mit den beiden Polizisten war er sich schnell einig, dass er bessere Karten hatte, wenn die Polizei nicht um ihn herumwuselte. Die Stadt hier war klein, es gab wenig Polizei, und spätestens wenn sie mit Licht und Horn herumfuhr, konnte man sicher sein, dass die ersten WhatsApp-Gruppen in der Nachbarschaft schon rätselten, was wohl los war. Das konnte er nicht gebrauchen. Also verabschiedeten sich die beiden, nachdem Piel ihm seine Karte gegeben und ihn gebeten hatte, bei der kleinsten verdächtigen Situation sofort anzurufen. Dann ging er mit Ulrike in sein Zimmer, um seine Sachen zu packen.

»Tja«, sagte er in einem Anflug von Galgenhumor, »heute probieren wir wohl erst mal gar nichts mehr.«

KAPITEL 6

Samstagabend, 29.08.2020

Torben konnte nicht einschlafen. Er hörte Nicoles sanften Atem und wusste, dass es ihr anders ging. Zum Glück. Der Tag war für sie nicht weniger heftig gewesen als für ihn. Und wenn das überhaupt möglich war, würde er darauf wetten, dass sie sich noch mehr Sorgen machte als er selbst. Denn er betrachtete die Dinge, gerade in solchen Situationen, noch immer professionell. Rational. Nüchtern und kalt. Und die Lage war eindeutig die, dass er in Gefahr war. Und nur er. Nicht seine Familie.

Nicole würde es anders sehen. Und er konnte es ihr nicht verdenken. Dennoch: Sie hatte Schlaf gefunden, er aber wälzte sich von links nach rechts und versuchte verzweifelt, in den Korridor einzutauchen, der ihn der Realität entledigen könnte. Um ein paar Stunden traumloser Ruhe zu genießen. Vergeblich! Dann konnte er genauso gut aufstehen.

Er bemühte sich, leise zu sein, und es schien ihm zu gelingen, Nicole nicht zu wecken. Auf Zehenspitzen schlich er in Richtung Treppe, um ins Erdgeschoss zu gelangen.

Unten brannte ein Licht, und er hörte leise Geräusche, die ihn an die Kühlschranktür erinnerten. Es war 1.30 Uhr. Die Chance, dass es eines der Kinder war, stand also gut.

Auch wenn die Coronaregeln noch nicht viel an sozialem Leben zuließen, machten die Kinder das Beste draus. Jule, ihr Nesthäkchen, war jetzt 17, ihr großer Bruder, Yannick, 19. Beide waren Nachzügler gewesen, Gustav war schon 26. Torben hatte damals gedacht, er wolle nur ein Kind, und für ein paar Jahre blieb es auch dabei. Doch irgendwann hatten sie beide entschieden, dass sie weitere Kinder haben wollten. Da Nicole sieben Jahre jünger war als er, war es nicht zu spät gewesen, und mit Yannick und Jule hatten sie noch zwei gesunde Kinder bekommen, um ihr Glück perfekt zu machen.

Ein Glück, das jetzt gefährdet war. Torben wurde wütend. Kein Wunder, dass ich nicht schlafen kann, dachte er. Ich möchte einfach jemandem den Hals umdrehen. Wie kann so eine Scheiße passieren, wenn endlich alles einfach nur gut sein könnte?

Es war tatsächlich Jule. Sie saß in der Küche und aß die Reste des Abendessens. Sichtlich angeheitert. Was für Torben völlig okay war. Sie neigte bisher nicht zu exzessivem Alkoholgenuss, und er wäre der Letzte gewesen, der den Kids die Lage in dieser Ausnahmesituation schlimmer machen würde, als sie schon war, indem er ihnen etwas wegnahm, das – jedenfalls bei vernünftiger Anwendung – ganz sicher half! Jule war bei Mike gewesen, ihrem, soweit er das einschätzen konnte, ersten ernsthaften Freund. Dass sie eigentlich um Mitternacht zu Hause sein musste, übersah Torben geflissentlich.

»Na, mein Schlumpf? Wie war der Abend?«

»Boah, Papa, du musst echt aufhören, mich so zu nennen, das ist so peinlich.«

»Schon gut. Ist denn alles gut bei dir?«

»Japp! Mike und ich haben Kinoabend gemacht, bei ihm daheim. Und dabei ein bisschen was getrunken. Tut mir leid, dass ich so spät bin.«

Welches Glück er als Vater hatte, dass seine Tochter in diesem Alter so mit ihm sprach, war Torben völlig bewusst. Fast hätte er einen glücklichen Moment genießen können. Doch der Stich der Unsicherheit, der Gefahr, in der er schwebte, verdarb ihm auch diesen.

»Alles gut, Süße. Mach, dass du ins Bett kommst, okay? Ich wünsch dir eine gute Nacht.« Er küsste sie auf die Stirn und ging ins Wohnzimmer. Dort ließ er das Licht aus. Zur Zielscheibe musste er sich ja nicht gleich machen. Selbst wenn bisher niemand erschossen worden war. Man wusste nie.

Draußen war alles still. Er wusste, dass irgendwo zwei arme Schweine Streife liefen, die ihren gesamten Nachtdienst hier verbringen würden. Wenigstens war die Nacht angenehm warm, es hätte sie also schlimmer treffen können. Was ihn selbst anging, war er schon dankbar, dass es zu dieser Streife gereicht hatte. Überall waren Kräfte knapp, und es war nicht selbstverständlich, dass jemand aus einem bloßen Verdacht heraus derart unter Schutz gestellt wurde. Die dauerhafte Bestreifung seines Hauses war ein Luxus, den sich das PP zwar nicht nur erlaubte, weil es um einen ehemaligen Kollegen ging. Der andere Grund jedoch war ihm weniger lieb: Man hielt diesen Verdacht für so konkret, dass niemand Gefahr laufen wollte, dass er sich bestätigen würde – und man sich dann vorwerfen lassen müsste, nicht genug getan zu haben.

Jule schlich sich die Treppe hoch. Oder versuchte es vielmehr. Das Ergebnis war zur Hälfte wildes Getrampel. Torben musste lachen. Als er ihre Zimmertür hörte, schlich sich eine behagliche Wärme in sein Herz. Seine süße Kleine. Niemand wird dir was tun, und niemand wird mir was tun, dachte er.

Draußen auf dem Gehweg tat sich etwas. Ein Streifenbeamter ging, von rechts kommend, in sein Sichtfeld. Er hatte das Funkgerät in der Hand und schien hineinzusprechen. Torben konnte natürlich nicht verstehen, was er sagte. Doch die Szene beunruhigte ihn. Wo war der Kollege? In aller Regel ging man nicht ohne Not allein Streife, schon gar nicht, wenn der Auftrag lautete, auf jemanden aufzupassen, dem ein irrer Mörder mit Schwert hinterherjagt. Torben beobachtete die Szene weiter. Der Kollege wirkte unruhig auf ihn. Doch das konnte er sich auch einbilden. Besser war, sich zu vergewissern. Torben ging an den Safe im Flur, öffnete ihn und steckte die Waffe in den Bund der Jogginghose, die er nach dem Aufstehen angezogen hatte. Sie vermittelte ihm ein sehr sicheres Gefühl. Was konnte ein Schwert schon gegen einen bewaffneten Polizisten ausrichten? Selbst wenn er nur ein Ex-Polizist war?

Torben nahm den Schlüssel vom Regal, ging zur Haustür und öffnete sie so leise wie möglich. Der Kollege bemerkte ihn und wusste ganz offensichtlich nicht, wie er reagieren sollte. Zuerst winkte er Torben zu, dass er wieder ins Haus gehen sollte, dann schien er sich anders zu besinnen und senkte die Hand, um gleich darauf wieder in sein Funkgerät zu sprechen. Torben ging näher auf ihn zu, um zu hören, was er sagte: »… bitte kommen, Stefan. Ich mach mir Sorgen, Mensch! Sag mir bitte, dass alles okay ist«. Der Kollege klang – und sah aus der Nähe auch so aus – nicht nur unruhig, sondern er hatte Angst. Und auch Torben hatte sofort ein mieses Gefühl. Er tastete nach seiner Waffe.

Dann ging alles blitzschnell. Er sah einen Schatten auftauchen, hörte ein zischen, und der Kollege sackte zu Boden. Der Schatten kam auf ihn zu. Das Ganze hatte keine fünf Sekunden gedauert. Oder zwei? Torbens Denken hatte sich verabschiedet. Er bestand nur noch aus Reflex. Der ihn beinahe gerettet hätte. Die Waffe lag in seiner Hand, er hatte sie aufgerichtet und drückte gerade ab – als neben seinem Denken auch die Reflexe ausfielen. Es gab nichts mehr. Nur seinen Kopf und seinen Körper, die getrennt voneinander zu Boden fielen.

Der Schuss hallte laut und klar in der warmen Sommernacht.

Und der Schatten verschwand so schnell, wie er gekommen war.

KAPITEL 7

Samstagnacht, 29.08.2020

Paulus konnte immer noch nicht fassen, dass er hier war. Dass er gegen jede Regel verstieß. Eine Hitze im Leib hatte, die ihn von den Beinen reißen würde, wenn ihm nicht bald etwas einfiele. Was für eine Frau. Und was für ein Moment. Er konnte nicht mehr anders. Wenn es überhaupt noch Zerrissenheit in ihm gegeben hätte, sie wäre spätestens jetzt erledigt gewesen. Das Leben schenkt einem keine Filmszenen, um einen daran zu erinnern, dass es wie ein Film sein kann. Sondern, damit man es sich zum Film macht. Das hatte er immer gewusst. Nur viel zu lange verdrängt. Also war er Aury in diese Szene gefolgt.

Es wurde noch ein langer Arbeitstag, nachdem sie aus Bayern zurückgekommen waren. Es galt, so schnell wie möglich nicht nur das zu tun, was sie sich im Auto vorgenommen hatten. Sondern auch die neuen Informationen zu verarbeiten, die ihr Team inzwischen zusammengetragen hatte.

Niessen war gefunden worden. Die lokale Polizei in Rheinland-Pfalz kümmerte sich um ihn, hielt ihn jedoch, zumindest vorerst und dort, wo er war, für sicher.

Kanther stand unter regelmäßiger Bestreifung. Das war schon mal eine ganze Menge; zudem war er ehemaliger Polizist. Und nach wie vor bewaffnet, wie Paulus wusste. Also war auch er so sicher, wie es eben ging. Präventiv konnten sie nicht mehr tun, und er hoffte inständig, dass das reichen würde. Ganz kurz hatte er den Gedanken gehabt, selbst zu Kanther zu fahren. Doch was hätte er tun können? Auf Kanthers Sofa schlafen? Selbst mit auf Streife gehen, um mitten in der Nacht irgendwo auf dem Gehweg einzupennen? Absurde Idee. Also hatte er sie verworfen.

Die Fahrradspur war interessant. Wenn es sich wirklich um ein wertvolles Rad handeln würde (und wenn auf den Videos tatsächlich der gesuchte Mörder zu sehen war!), hätten sie einen weiteren Ermittlungsansatz. Das Ganze passte wunderbar zusammen, vor allem seit der Vernehmung der alten Dame in Bayern. Er hatte ein sehr gutes Gefühl, was diese Spur anging. Und die Polizei hatte schon mit ganz anderen Gegenständen herausgefunden, wem sie gehörten.

Bei den Waffenermittlungen traten sie leider auf der Stelle. Die heißen Kandidaten im Nahbereich hatten sich als unverdächtig herausgestellt. Und die wenigen, die sie darüber hinaus hatten, lebten so weit weg, dass sie größere Aufwände betreiben müssten, um sie zu überprüfen. Dennoch, spätestens am Montagmorgen würde es damit losgehen, wenn in den zuständigen Dienststellen wieder Regelbetrieb herrschte. Und auch wenn an der Stelle bisher Fehlanzeige herrschte: Irgendwann musste bei dem ganzen Wust an Daten, die sie gesammelt oder produziert und in ihre Systeme eingestellt hatten, ein Treffer herumkommen. Es musste einfach!

Was von Haehlings Tochter anging: Auch da würden sie bis Montag warten müssen. Zwar hatte Tamara den

Verbindungsbeamten des BKA angerufen, der in Wien saß; der hatte ihr aber wenig Hoffnung gemacht, dass er für einen so dünnen Verdacht irgendwen dort unten aus dem Wochenende klingeln würde. Paulus konnte ihn zwar verstehen – sie hatten ja wirklich nichts – doch manchmal wäre ihm sehr viel lieber gewesen, in einem Fernsehkrimi zu arbeiten als in der echten Welt, wo Polizeiarbeit Regeln und Gesetzen folgte und nicht der – zumeist dennoch eher flachen – Spannungskurve.

Müde und ausgelaugt, hatte Paulus spätabends schließlich nach Hause fahren wollen. Niemand würde dort auf ihn warten. Er hatte seine Rückkehr noch gar nicht angekündigt, dazu war heute einfach keine Zeit geblieben. Er wollte gerade seine Frau anrufen, als er sah, dass er eine Nachricht von Aury auf dem Handy hatte. Die mit den anderen im Videoraum saß und sich seit Stunden nicht hatte blicken lassen. Die Nachricht war kurz. Aber sie war eindeutig.

»Ich habe ein Zimmer für uns gebucht. Heute – oder nie!?«

Alle anderen Vorhaben waren augenblicklich hinfällig gewesen. Streife gehen vor Kanthers Haus, zu seiner Familie nach Hause fahren; nichts hatte mehr eine Chance gegen die Bilder, die sich in seinem Kopf abzeichneten, als er diese Nachricht las.

Nun stand er hier, in einer kleinen, netten Pension am Stadtrand, und schwankte nur noch kurz zwischen seinem schlechten Gewissen und dem kribbelnden Gefühl, das ihm eine wunderbare Nacht verhieß. Aury stand so dicht vor ihm, dass sich ihre Nasenspitzen berührten. Er genoss ihren warmen Atem, ihren Duft, ihr gesamtes Wesen, das ihm nie näher gewesen war als hier und jetzt. Längst war all ihre Kleidung auf dem Fußboden verteilt. Und mit jedem einzelnen Kleidungsstück hatten sich auch die letzten zahmen Gedanken an seine Frau, sein Kind, ihren Freund, sein Gewissen und alles, was dem hier im Weg stand, mehr und mehr verabschiedet. Er sah nur noch sie. Und wie er sie sah.

Vielleicht hätte manch einer ihren Körper nicht perfekt genannt. Dann wäre »manch einer« aber schlichtweg irre gewesen. Ja, es war kein Model-Körper. Aber zum Glück war es so! Alles an ihr war weich, warm, einladend. Ihre Rundungen weiblich, voll und gleichzeitig straff, im besten Wortsinn wollüstig. Zudem war sie mit einer Haut gesegnet, die ihm zarter als Seide erschien. Sein Verlangen war grenzenlos. Weil es anders war. Tiefer. Aus dem Inneren kommend, verbunden mit Gefühlen, die sich vollständig überschlugen und ihm keine Wahl ließen, als alles Denken auszuschalten. Sie waren hier. Sie waren, für diesen Moment, frei. Und sie waren verliebt.

Er küsste sie. Sanft. Stand vor ihr, nackt und unfähig, sich auch nur eine Sekunde länger zusammenzureißen. Und doch tat er genau das. Nur sein Kuss wurde fordernder. Sie atmeten schwer. Beide. Seine Hände, die bisher sanft ihren Rücken gestreichelt hatten, führte er jetzt nach vorn. Er nahm ihre Brüste in seine Hände und tat, was er immer tat: das Richtige. Er wusste, was ihr gefiel, wie er es immer gewusst hatte. Er schien eine Art Naturtalent zu sein, jedenfalls hatten sie ihm das oft genug gesagt. Doch Naturtalent hin oder her: Die Wirkung, die seine

Berührungen auf sie hatte, strahlte erbarmungslos auf ihn aus – und das war ihm neu. Jedes Stöhnen, jeder schwere Atemzug, den sie erkennen ließ, brachte auch ihn zum Wahnsinn. Sie musste gar nichts tun, es genügte ihm das, was er mit ihr tun konnte.

Er warf sie auf das Bett. Kniete sich vor sie hin. Und wusste schon nach wenigen Augenblicken nicht mehr, ob er eigentlich sie oder sich selbst wahnsinnig machte. Er machte weiter, spürte sie, schmeckte sie, fühlte sie. Bis sie kam, ungestüm und laut. Es war wie Magie. Allein diesen Moment zu erleben, jagte ihm süßen Schmerz durch sein Innerstes. Doch es war noch nicht vorbei. Jetzt wollte auch er diesen Zauber, nein, er brauchte ihn. Er packte sie sanft, schob sie nach oben ins Bett und gönnte sich endlich das, wonach er sich seit Monaten gesehnt hatte. Als er ihn ihr war, setzte sich all das fort, was er zuvor schon gespürt hatte. Das hier war kein Sex. Mit Sicherheit kein Fick! Und auch, jedenfalls noch, kein »Liebe machen«. Es war einfach, wie es sein sollte. Und wie er es niemals wieder anders wollen würde.

Als sie schließlich mit überhitzten Körpern und heftigem Pulsschlag nebeneinanderlagen, wusste er, dass er nicht mehr zurückkonnte. Und dass er bis heute keine Vorstellung davon gehabt hatte, zu welchen Gefühlen man imstande ist, wenn einem der eine Mensch begegnet, der sie wecken kann. Aury sah ihn an. Glücklich, mit geröteten Wangen und einem Glanz in den Augen, den er bei ihr zum ersten Mal sah. Aber auch ängstlich. Verletzlich. Ratlos. Und erneut schaffte sie es, ihn zu verblüffen.

»Ich bin nicht sicher … aber für den Fall, dass du gerade genau dasselbe denkst wie ich, muss ich es einfach aussprechen. Ich will das hier, Martin. Und zwar nur noch das hier. Ich will dich!«

Er nahm ihr Kinn in seine Hand, küsste sie und sagte: »Ich auch. Und das macht mir verdammt viel Angst.« Der Moment war, in all seiner Widersprüchlichkeit, perfekt. Ja, er hatte Angst. Sogar so viel, dass ihm schlecht wurde. Aber er wusste genau, dass er sich ihr stellen würde. Denn Aury war es wert. Sein Leben, wie es mit ihr sein würde, war es wert. Also war völlig klar, was jetzt zu tun blieb.

Sein Telefon leuchtete auf. Er hatte es auf »lautlos« gestellt. Ein Anruf mit unterdrückter Nummer. Der nicht aufhören wollte. Und ganz offensichtlich nicht der erste war. Das konnte eigentlich nur die Arbeit sein. Aber jetzt noch?

»Geh ran«, sagte Aury. Also tat er es.

»Paulus.« Ramons gehetzte Stimme drang in sein Ohr.

»Verdammt, Alter, wo steckst du? Ich hab' versucht, dich zu Hause zu erreichen! Er hat Kanther erwischt. Kanther ist tot! Er ist tot, Mann!«

Es war vorbei. Keine Magie mehr, nur noch Ohnmacht. Fassungslosigkeit. Wahnsinn! Und Schuldgefühle. Immense, überwältigende Schuldgefühle. Die, er wusste es im Bruchteil einer Sekunde, ihn niemals wieder verlassen würden. In Paulus zog sich alles zusammen, was angesichts des totalen Gefühls-Overkills überhaupt noch übrig war. Er sah Aury mit purem Entsetzen im Blick an und sagte nur noch:

»Wir müssen los!«

KAPITEL 8

Donnerstag, 20. Februar 2020

Kyra wachte auf und war schlagartig auf 180. Endlich! war das erste Wort, das ihr in den Kopf schoss. 18! Die magische Zahl. Das magische Alter. Frei. Erwachsen! Kein Kind mehr.

»Ahhhhhhh«, schrie sie mit überquellender Freude. Sie sah an die Wand. Das gute alte David-Bowie-Zitat, das sie sich quasi zum Lebensmotto gemacht hatte, schien ihr jetzt beinahe Geschichte zu sein.

And these children that you spit on
as they try to change their worlds
are immune to your consultations.
They're quite aware of what they're goin' through.

Kyra hatte die Songzeilen von einer Poster-Website auf ein gewaltiges Bild von John Bender aus einem ihrer Lieblingsfilme, The Breakfast Club, drucken lassen. Bild und Text zusammen drückten so ziemlich genau ihre gesamte Jugend aus. Die heute vorbei war!

»Jiiiiihaaaaaaa«, schrie sie noch einmal voller Inbrunst, setzte sich auf und machte sich bereit für den Tag des Jahres und den Beginn eines wunderbaren Lebens als Erwachsene. Es klopfte.

»Hereeeeeein«, flötete sie. Sie wusste, was folgen würde. Ihre Familie strömte ins Zimmer, singend und mit einer fetten Torte bewaffnet. Kjell und Luna hatten zur Feier des Tages freigenommen und waren schon gestern Abend nach Hause gekommen, um hier zu schlafen. Nun warfen sie sich ungehemmt auf ihr Bett, um sie mit Küssen, Umarmungen und guten Wünschen zu überschütten. Ihre Mum strahlte sie an, wie nur sie es konnte. Mit einem warmen »Happy Birthday, mein kleiner Sonnenschein« stellte sie ihr die Torte auf den Schoß und reichte ihr das Messer. Es war Tradition in ihrer Familie, dass das erste Stück Geburtstagstorte selbstverständlich noch im Bett verzehrt wurde. Es war früher jedes Mal eine üble Sauerei gewesen, doch mit zunehmendem Alter waren sowohl ihre Geschwister als auch sie selbst etwas verlässlicher geworden; manchmal musste nicht einmal die Decke neu bezogen werden.

Kyra war glücklich. Sie war voller Leben, sie wurde geliebt, morgen Abend startete die Party des Jahrhunderts, in wenigen Monaten hatte sie ihre Matura in der Tasche und sie konnte, wenn alles gut lief, schon zum Wintersemester mit dem Studium beginnen. Was für ein Leben, dachte Kyra. Nach einem vergnügten Frühstück zog sie los und brachte die Schule hinter sich. Sie ließ sich von ihren Freunden feiern, flirtete ein wenig mit Konstantin, bei dem sie sich nach wie vor nicht sicher war, ob er das Flirten wert war (doch das würde sie morgen Abend schon noch feststellen), und rätselte, als sie schließlich wieder das Haus betrat, was ihre Mum sich für den Nachmittag wohl ausgedacht hatte.

Kjell und Luna waren nicht da, wie sie schnell feststellte. Die beiden würden sicher nicht lange wegbleiben, es gab schließlich noch genug zu feiern heute. Ihre Mutter saß im Wohnzimmer und trank gerade eine Tasse Tee.

»Hey, mein Schatz, wie war die Schule?«, fragte sie, als Kyra zu ihr kam.

»Ganz gut«, antwortete Kyra, deren Sinn heute wirklich nicht danach stand, ausgerechnet über die Schule zu reden. Und überhaupt, was stimmte nicht mit ihrer Mum? Sie wirkte, als wollten sie zu einer Beerdigung, anstatt ihren großen Tag zu feiern!

»Also, was machen wir heute?«, fragte sie, um das Thema zu wechseln.

»Setz dich bitte erst mal kurz zu mir, ja?«

»Klar. Gibt's was Besonderes? Du guckst so ernst.«

»Könnte man sagen, ja.«

Kyra wurde stutzig. Es stimmte also wirklich etwas nicht. So kannte sie ihre Mutter nur, wenn etwas Schlimmes passiert war. Oder ihr etwas so richtig, richtig Sorgen machte.

»Ist was passiert, Mum?«, fragte sie.

»Nein. Na ja, nicht direkt. Jedenfalls ist es lange her.«

Kyra verstand die Welt nicht mehr. Worum ging es hier?

»Mum, wenn du mich an meinem Geburtstag maximal nervös machen willst: läuft! Kann man sich ja mal ausdenken, so als Härtetest für junge Erwachsene zum 18. Noch cooler wäre aber, du sagst mir endlich, was hier los ist. Du machst mir ja fast Angst!«

»Entschuldige, Schatz. Das war nicht meine Absicht. Das hier wird unglaublich schwer für mich. Und ich habe keine Ahnung, wie es für dich werden wird. Ich habe sehr lange mit mir gerungen, ob ich es überhaupt tue.«

Kyra sah sie nur fragend an.

»Ich werde dir gleich etwas geben, Kyra. Etwas, das ich seit dreieinhalb Jahren aufbewahrt habe, statt es gleich zu verbrennen. Ich konnte es nicht. Ich hatte auch kein Recht dazu, weil es dir gehört und nicht mir. Und jetzt habe ich auch endgültig kein Recht mehr, es dir weiter vorzuenthalten. Du bist jetzt eine Frau, eine Erwachsene, und ich bitte dich nur, mir zu verzeihen. Ich wollte dich immer nur beschützen, meine Süße.« Tränen liefen ihr über die Wangen.

»Mum, hey …« Kyra nahm sie in den Arm. »Natürlich verzeihe ich dir. Ich würde dir doch alles verzeihen. Aber bitte, wein' doch nicht. Heute kann doch nichts so schlimm sein, dass du wegen mir weinen musst.«

»Die Wahrheit ist: Ich weiß es nicht, Kyra. Aber wir werden es gleich wissen. Wir beide. Hier.« Sie reichte Kyra einen Briefumschlag. Darauf stand nur »Kyra«. Sie verstand noch immer nicht. War das ein Geburtstagsgeschenk? Von wem? Es war nicht die Handschrift ihrer Mutter, das stand fest. Charlotte ahnte die Fragen in ihrem Kopf und gab ihr die Antwort, die sie brauchte. Und die sie als letzte von allen Antworten erwartet hatte:

»Der Brief ist von deinem Vater.«

Kyra wurde bleich. »Tom?«

»Ja, Schatz. Von Tom.«

Nun war es Kyra, der die Tränen kamen. Kurz nur, und wenige. Aber sie kamen. Ungeduldig riss sie den Umschlag auf. Ein kleiner klobiger Schlüssel fiel heraus. Und ein langer Brief.

Sie begann zu lesen. Seite um Seite. Entsetzen, Verwirrung, Fassungslosigkeit, Wut, Trauer, Hilflosigkeit, aber auch Faszination – all das spiegelte sich in ihrem Gesicht, je weiter sie las. Mehrfach setzte sie ab. Zu groß war die Wucht der Dinge, die dort geschrieben standen. Und zu verwirrend der Gegensatz zwischen all dem und ihren alten, tief begrabenen Gefühlen. Ihren Erinnerungen an einen Mann, den sie damals so sehr gebraucht, so sehr gewollt und auch so sehr geliebt hatte, in den kurzen Zeiten, in denen er ihr Grund dazu gab. Sie atmete tief.

Als sie alles gelesen hatte, sah sie ihre Mutter dankbar an. Es war richtig gewesen, ihr diesen Brief erst jetzt zu geben. Sie war jetzt alt genug, und sie war auch hart genug. Als sie den Mund öffnete, brachte sie nur einen Satz zustande. Eine Frage, die keine war und doch wie eine klang. Denn sie kannte die Antwort:

»Mein Vater … war ein Mörder!?«

KAPITEL 9

Sonntag, 30.08.2020

Wenn Martin Paulus jemals einen mieseren Tag erlebt hatte, konnte er sich zumindest nicht daran erinnern. Es ging ihm hundeelend. Und das gleich aus mehreren Gründen, von denen jeder einzelne ausgereicht hätte. Torben Kanther war in der vergangenen Nacht getötet worden. Trotz allem. Trotz der Bestreifung, trotz seiner Erfahrung, trotz der Waffe, die er noch hatte abfeuern können; ohne allerdings, dem Spurenbild zufolge, eine nennenswerte Wirkung zu erzielen.

Doch nicht nur Torben war ermordet worden. Aus welchem Grund auch immer – vielleicht hatte er entschieden, dass es der leichtere Weg sein würde, vielleicht war es auch reine Bosheit gewesen – hatte der Mörder die beiden Kollegen, die Torbens Haus bestreift hatten, ebenfalls getötet. Auf die gleiche grausame Weise wie immer. Alles, was fehlte, waren die Striche auf ihren Köpfen.

Auf Torbens Kopf hingegen blieb das Ritual unverändert: Eine römische Vier war in die Stirn geschnitten worden. Hastig und unsauber zwar, was ganz sicher mit dem Schuss und der Eile zu tun hatte, die der Täter dadurch gehabt haben musste. Aber die Vier war da. Womit umso deutlicher wurde, dass die beiden Kollegen, deren Köpfe keine perversen Nummern bekommen hatten, ihrem Mörder einfach nur im Weg gewesen waren.

Einfach nur im Weg.

Paulus musste kotzen. Er spürte, wie es hochschoss, nahezu ohne Vorwarnung, und die Zeit reichte gerade noch aus, um sich zwei Meter entfernt in die Hortensien zu übergeben. Aury eilte zu ihm. Auch Ramon blickte mitfühlend hinüber, hielt es aber offenbar für besser, ihn nicht auch noch zu bedrängen. Kluger Junge!, dachte Paulus. Aury legte ihre Hand auf seinen Rücken. Vorsichtig. Doch selbst das war ihm zu viel. In dieser Situation, konfrontiert mit all dem Elend, mit dieser Hilflosigkeit, der Sinnlosigkeit und der unbändigen, heißen Wut auf sich selbst, war sie der letzte Mensch, der ihn hätte trösten können. Und dürfen!

Denn – und dieser Umstand hatte sein Elend komplett gemacht – natürlich war Nathalie nicht dumm. Dass Ramon ihn zu Hause nicht erreichen konnte, hieß für sie, dass er ihn zu Hause geglaubt hatte. Was wiederum bedeutete, dass ihr Mann auch zu Hause hätte sein müssen. Wo er nicht gewesen war. Sie hatte versucht, ihn anzurufen. Mehrmals. Irgendwann musste sie eingeschlafen sein, und bisher hatte sie keinen weiteren Versuch unternommen. Doch das war nur eine Frage der Zeit. Und er hatte keinen Schimmer, was er ihr erzählen sollte. In so etwas war er nicht geübt. Er war noch nie fremdgegangen, und er war kein allzu guter Lügner, auch wenn man Polizisten gern etwas anderes nachsagte.

Zu allem Überfluss stand ihm also ein Gespräch hervor, das er überhaupt nicht hatte führen wollen. Und dem er jetzt, wo es unvermeidlich war, mit allen Mitteln aus dem Weg gehen wollte. Auch wenn ein Teil in ihm, der zunehmend stärker wurde, ihm einredete, dass er sich dieses Gespräch redlich verdient hatte – und vielleicht mit dem Kopf hätte denken sollen, bevor er das mit seinem … nun ja! War es unfair, so zu denken? Vielleicht. Ihm war schon klar, dass sein Herz eine gewaltige Rolle bei dem gespielt hatte, was in der letzten Nacht passiert war. Aber jetzt, hier, in dieser völlig surrealen Horrorkulisse, fuhren die Schuldgefühle, die Wut und die Angst mit allem, was sich unterhalb des Kleinhirns befand, Schlitten.

Er wischte sich den Mund ab, flüsterte Aury ein kurzes, nicht wirklich ernst gemeintes »Danke« zu und ging schnurstracks zu Ramon. Sie hatten Arbeit, verdammt. Und davon eine ganze Menge. Torben war ziemlich genau gegen 1.45 Uhr gestorben. Das wussten sie deswegen so sicher, weil Julia, seine Tochter, sich gerade im Bad die Zähne putzte, als Torben den Schuss abfeuerte. Und sie den Schuss natürlich hörte. Das Mädchen hatte Angst bekommen und nach seinem Vater gerufen. Der nicht antwortete. Da der Rest der Familie ebenfalls schnell auf den Beinen gewesen war, war Kanthers Sohn im allgemeinen Chaos, ohne nachzudenken, durch die offene Haustür nach draußen gelaufen. Und hatte die beiden Toten gefunden; einer davon war sein Vater.

Der Anruf in der Leitstelle ging um 1.52 Uhr ein. Torbens Frau hatte die Kraft dazu aufgebracht. Schon weil sie wusste, wie eilig jetzt gehandelt werden müsste. Doch es hatte trotzdem nicht gereicht. Mit allem, was in dieser Nacht zur Verfügung stand, war gefahndet worden. Sie hatten die maßgeblichen Punkte in Rekordgeschwindigkeit besetzt, und spätestens um 2 Uhr wäre keine Maus mehr durch den Ring gekommen, den sie in angemessenem Radius um das Haus der Kanthers gezogen hatten. Ohne Erfolg! Oder zumindest ohne Erfolg, den sie jetzt schon benennen könnten. Mancherorts war einfach noch zu viel Verkehr gewesen, um alle Autos oder vielmehr deren Insassen zu kontrollieren. Und bei denen, die kontrolliert wurden, kam nichts herum. Doch die Kennzeichen hatten sie alle, vielleicht würde dabei noch was hängen bleiben.

Dass sie verstärkt nach männlichen Radfahrern, eventuell mit Mütze, vor allem aber mit Sporttasche, suchten, hatte sie auch nicht vorangebracht. Zwar waren ihnen allein vier Männer ins Netz gegangen, die sturzbesoffen auf ihren Rädern nach Hause fahren wollten. Mordverdächtig war davon allerdings niemand. Eher selbstmordverdächtig. Es war frustrierend. Entweder hatte sich ihr Mörder in Luft aufgelöst. Oder er war immer noch in der Nähe und hatte sich irgendwo verkrochen. Paulus setzte alles auf diese Karte und hatte darum gebeten, die Kräfte – oder ihre Ablösungen – so lange verfügbar zu halten, wie die Lage in der Stadt es zuließ, um den Ring, den sie gezogen hatten, enger und enger zu machen, bis sie ihn haben würden. Es war eine kleine Chance. Aber er wollte verflucht sein, wenn er sie nicht nutzen würde.

Ramon brachte ihn auf Stand. Sie hatten auch hier nicht viel. Einer der beiden Kollegen, ein 38-jähriger Familienvater, war etwa 100 Meter entfernt gefunden worden, ebenfalls geköpft. Kanthers Haus stand in einer Siedlung, die zwar wunderschön war, dafür aber Verstecke ohne Ende für jeden lieferte, der sich verstecken wollte. Das fing mit dem Baumbestand an, der die Straße säumte, und hörte bei großen und meist offenen Vorgärten auf, die vor hohen Hecken und weiteren Bäumen nur so strotzten.

In Paulus' Kopf hatte der Mörder sich irgendwo auf die Lauer gelegt und gewartet, ob Torben sich zu später Stunde noch im Haus bewegen würde. Dann hatte er sich die beiden Polizisten vorgenommen, einen nach dem anderen, und Torben schließlich irgendwie aus dem Haus gelockt. Ihm war noch nicht klar, wie genau. Aber dass der zweite Kollege genau vor Torbens Haus getötet worden war und bis kurz vor dem Todeszeitpunkt noch gefunkt haben musste, sprach dafür, dass irgendetwas nicht gestimmt hatte. Vielleicht hatte Torben also mitbekommen, dass es draußen vor seinem Haus unruhig wurde. Und vielleicht war er unbedarft genug gewesen, sich selbst in Gefahr zu begeben. Eine Menge »vielleicht«. Ein viel plausiblerer Tathergang fiel ihm jedoch auf die Schnelle nicht ein.

Die Spurensicherung würde hier ziemlich lange beschäftigt sein. Er konnte genauso gut ins Büro zurückfahren. Oder irgendwo etwas frühstücken. Nachdem er Torbens Familie bereits gesehen hatte, wusste er, dass ihm ein zweites Mal endgültig den Rest geben würde. Also lieber weg hier, dachte er sich. Nur: wohin? Überallhin; nur nicht nach Hause! Auch wenn er vor allen Dingen ein Bett brauchte. Und eine ordentliche Mütze Schlaf. Oh Gott, ja, Schlaf … Verflucht! dachte er sich. Denn es hatte keinen Zweck. Egal, wie er es drehte und wendete: Er würde schlafen müssen. Und dazu musste er nach Hause. Wo sollte er sonst hin? Zu Aury? Ganz sicher nicht! Zumal auch sie nicht allein in ihrer Wohnung lebte. Noch mal in die Pension? Auch das kam nicht infrage. Er kam zu dem Entschluss, dass es besser war, sich dem Unvermeidlichen zu stellen, wenn es doch ohnehin nicht zu umgehen war. Also sagte er Ramon, dass er nach Hause fahren und sich ein paar Stunden hinlegen würde.

»Alles klar, Mann. Ruh dich aus. Ich melde mich nur, falls wir ihn kriegen, okay? Alles andere hat Zeit, bis du wieder auf dem Damm bist!«

»Ja, mach das bitte. Und meldet euch auch, wenn wir eine heiße Spur haben. Ich will nicht verpassen, wenn wir dem Schwein näherkommen, okay?«

»Verstanden. Ach, und eins noch.« Ramon kam ihm nah genug, um flüstern zu können, und erlöste ihn mit seinen nächsten Worten von wenigstens einer Qual. Vorerst.

»Ich hab' deiner Frau nicht gesagt, dass ihr zurück seid. Sie hat natürlich sofort gefragt, wieso ich bei euch daheim anrufe. Du wärst doch auf Dienstreise! Ich hab' geschaltet, so schnell ich konnte, Mann. Hab' ihr erzählt, dass ich dachte, ihr müsstet schon zurück sein, aber du wärst vielleicht direkt nach Hause gefahren. Weil keiner von euch auf der Dienststelle war. Und ich keinen von euch ans Telefon gekriegt hab. Also, lass dir was einfallen, wo ihr gewesen seid. Mehr konnte ich nicht rausholen.«

Paulus sah Ramon an und fühlte eine tiefe, unendliche Dankbarkeit in sich aufwallen. Dafür hatte er bis an sein Lebensende etwas gut.

»Danke, Ramon! Wirklich, danke! Du hast mich da echt aus einer miesen Lage geholt.«

»Keine Ursache, Mann. Aber damit eins klar ist: Ich will wissen, wer, ich will wissen, wie, und ich will wissen, ob es das wert war, in Ordnung?« Er zwinkerte. Paulus lachte. Es war kein befreites Lachen. Noch nicht. Aber es war auch kein verzweifeltes.

»Mal schauen, mein Lieber. Mal schauen.« Er ließ Ramon stehen und ging, jetzt in deutlich besserer Stimmung, Richtung Auto, um sich zu überlegen, mit welcher Ausrede er sich zu Hause nicht um Kopf und Kragen reden würde.

KAPITEL 10

Sonntag, 30.08.2020

Aury war verwirrt. Martin hatte sie einfach so stehen lassen. Nach dieser Nacht, nach all dem, was sie glaubte, zwischen ihnen gefühlt zu haben, schien ihr das nicht richtig. Nein, es war unfair! Sie hatte doch mehr verdient als ein kurzes »Danke«, um dann wortlos abzuhauen? Natürlich war ihr klar, dass sie jetzt nicht in der Situation für lange, zärtliche Gespräche waren. Dennoch wollte sie sich so nicht behandeln lassen, und sie verspürte einigen Ärger in sich, der hinauswollte.

Da Martin jedoch nicht mehr da war, musste sie sich anderweitig Luft verschaffen. Sie überredete Ramon, sie zurück ins Büro zu fahren, und wollte sich dort in die Arbeit stürzen. Sie hatte Lars kurz angerufen und ihm erklärt, wieso sie letzte Nacht nicht nach Hause gekommen war. Ziemlich leicht, etwas mit drei Mordfällen zu begründen; wer würde da schon lange nachhaken? Lars jedenfalls tat es nicht. Aber er war auch noch nie der große Nachfrager gewesen. Manchmal war sie nicht sicher, wie wichtig sie ihm überhaupt war. Er interessierte sich für so vieles wenig bis gar nicht, was sie anging. Sie hatte den Eindruck, ihm genügte völlig, dass sie seine Freundin war. Und mehr nicht. Wo sie war, mit wem, warum, all das berührte ihn kaum. Sie war ja seine Freundin. Würde schon schiefgehen.

Als sie im Büro ankam, herrschte hektischer Betrieb. Alle, wirklich alle waren da, und selbst Kollegen, die bislang gar nichts mit dem Fall zu tun hatten, standen auf der Matte und fragten, ob man sie gebrauchen könnte. Das verschaffte ihnen, zumindest heute, einen ordentlichen Puffer. Was morgen aus der ganzen Hilfsbereitschaft werden würde, wenn der normale Betrieb wieder losging und alle Chefs ihre Leute für vermeintlich wichtigere Aufgaben zurückhaben wollten, würde man sehen. Aury ging auf ein Büro zu, aus dem ihr helle Aufregung entgegensprang, gepaart mit Freude. Gut, dachte Aury sich, Freude ist für jeden schön!

In dem Büro saß Christof Schmieder. Ein Kollege, der damals nach dem Anschlag schon mitermittelt hatte und auch dieses Mal ins Team gekommen war. Die Kollegin, die bei ihm saß, kannte sie allerdings nicht. Die beiden schienen sich prächtig zu verstehen. Aury sagte Hallo und fragte, was es denn so Fröhliches gebe. Svenja, so hieß die Kollegin, hatte Christof gerade ein Rennrad im Internet gezeigt. Als Aury fragte, was daran so spannend war, zeigten sie ihr das Video mit dem Fahrrad, auf dem vielleicht ihr Täter gesessen hatte. Und es schien in der Tat das gleiche Rad zu sein.

»Und jetzt das Beste«, sagte Svenja zu den beiden, »das Teil ist gerade mal 50-mal gebaut worden!«

»Was!?«, stießen Aury und Christof gleichzeitig aus.

»Jipp! Das Teil kostet mehr als 10.000 Euro, wie Ihr ja hier seht.« Sie zeigte auf den Bildschirm. »Es gibt zwar genug Irre auf der Welt. Aber reiche Irre, die sich ein Rennrad kaufen, das fünf Kilo zu schwer ist, dafür aber das

Doppelte von einem richtig guten Bike kostet, hat's eher wenige. Das heißt für uns, dass wir nicht nur mit Sicherheit über den Hersteller an die wenigen Shops kommen, die das Rad überhaupt verkauft haben. Sondern über die Shops ziemlich sicher auch an die Käufer.«

Aury war sofort voll bei der Sache. Sie hatten da eine richtig gute Spur. Und nur ein einziges, allerdings nicht eben kleines Problem: Es war Sonntag!

»Okay, Freunde«, sagte sie, »das heißt für uns, dass wir uns jetzt hinter jede Nummer klemmen müssen, an die wir kommen können, um jemanden bei der Firma ans Telefon zu bekommen. Christof, kannst du versuchen, über das Handelsregister an Ansprechpartner zu kommen?« Christof nickte.

»Gut! Ich versuche es mal über alles, was wir im Internet zu der Firma finden. Und gebe Ramon Bescheid, damit er sich das auch ansieht.«

Svenja, die Kollegin, die sie auf die Spur gebracht hatte, wünschte ihnen viel Glück, konnte jedoch nicht bleiben. Also verabschiedete sie sich, um den Rest ihres Sonntags zu genießen. Für Aury und Christof begann die fieberhafte Suche nach einem Menschen, der ihnen Zugang zu den Verkaufsdaten der Firma Kuma verschaffen konnte. Und sie mussten gar nicht lange suchen. Einer der beiden Geschäftsführer der Firma, dessen Namen sie nach zäher, aber immerhin zielführender Internetermittlung herausgefunden hatten, besaß ein Linkedin-Profil. Zwar war sein Name eher alltäglich, sodass sie nicht gleich auf das Profil gestoßen waren. Als sie es jedoch hatten, versuchte Christof, der auch ein Profil hatte, es ganz stumpf mit einer Freundschaftsanfrage. Manche Menschen hatten sich ja Benachrichtigungen eingerichtet, um zu erfahren, wenn sich auf ihren Social-Media-Profilen etwas tat. Offensichtlich war auch der gute Herr Nolde ein solcher Junkie. Es dauerte keine Stunde, und die Anfrage war bestätigt. Und auf dem Profil fand Christof eine Handynummer.

Der Rest war schnell erledigt. Sie riefen Nolde an. Er verstand, worum es ging, und versprach ihnen, so schnell wie möglich jemanden aus der Buchhaltung zu finden, der die benötigten Daten beschaffen könnte.

Nolde hielt Wort: schon um 19.43 Uhr traf die Mail der Firma ein, darin eine Exceltabelle mit allen ausgelieferten Rädern und den entsprechenden Händlern. Davon einer in Dinslaken und einer in Venlo. Das waren eindeutig die beiden nächstgelegenen. Christof versuche es bei dem Dinslakener, Aury stürzte sich auf Venlo. Beide ohne Erfolg. Mit Ausnahme der Festnetznummern beider Händler fanden sie nichts heraus. Sie würden also bis morgen warten müssen. Der Dinslakener Laden hatte zumindest ein Band, auf dem man eine Nachricht hinterlassen konnte. Was Christof auch getan hatte. Mehr wäre heute nicht zu holen. Also konnte Aury auch das tun, was sie den ganzen Tag lang bewusst und gern vermieden hatte: nach Hause fahren und beten. Dafür, dass die anderthalb Tage ohne jeden Schlaf gnadenlosen Tribut fordern und sie in einen schnellen, harten, komatösen Schlaf versetzen würden. Die Alternative war: sich stundenlang den Kopf über die vergangene Nacht zu zerbrechen. Keine allzu schöne Aussicht. Sie verließ sich daher völlig auf das Schlafgebet.

»Gute Nacht, Christof«, sagte sie, als sie sich um kurz nach 21 Uhr in den Feierabend verabschiedete.

KAPITEL 11

Montag, 31.08.2020

Tamara hatte in ihrem dienstlichen Leben schon so einiges gesehen. Darunter grausamere Bilder als die, die sie sich gerade ansah. Doch selten war ihr etwas so nahegegangen. Was ganz sicher auch damit zu tun hatte, dass sie ein Teil dieses Falls geworden war. Und sie fragte sich, ob sie diese Morde hätte verhindern können. Doch es half nie, sich lange den Kopf über Fragen zu zerbrechen, deren Antwort man kannte. Sie hatte nichts tun können. Wer immer der Mann war, der die drei Kollegen ermordet hatte, er tötete mit einer Effizienz und Kaltschnäuzigkeit, dass sie nur alles geben konnten, um ihn zu erwischen, bevor er weitermachte. Was, ihrer sich mehr und mehr bestätigenden Theorie zufolge, bei diesem Reporter passieren würde, diesem Niessen. Der sich – was für ein Treppenwitz – ausgerechnet bei ihr daheim in der Gegend herumtrieb.

Tamara war am Samstagabend nach Hause gefahren, als sie aus Bayern zurück waren. Sie wollte sich zumindest den Sonntag freinehmen, um etwas Zeit mit Matthias zu verbringen. Und es war ein toller Tag gewesen. Sie hatten das Gespräch geführt, das vor Ewigkeiten schon genauso hätte geführt werden müssen. Und das Ende davon war so perfekt gewesen, dass ein kleiner Teil von ihr noch immer zweifelte, ob sie das wirklich erlebt hatte. Jedenfalls waren

Matthias und sie nun ein Paar. Endgültig, hoch offiziell, mit allem Drum und Dran, und die nächsten Schritte würden sie angehen, wenn Tamara aus Düsseldorf zurück war. Wie zum Beispiel eine gemeinsame Wohnung. Wozu noch mehr Zeit verlieren? Gefühlt kannten sie sich schon ein halbes Leben lang, und sie waren viel zu alt für langes Warten, wenn eine Sache sicher war.

Leider ging der gestrige Sonntagabend früher zu Ende als erhofft, weil sie heute so früh wie möglich nach Düsseldorf gewollt hatte. Sie hätte auch ohne einen Anruf gewusst, was dort in der Nacht passiert war, die Morde liefen quer durch alle Nachrichten. Doch als Aurelie sie gestern Abend anrief, um ihr den Stand der Dinge mitzuteilen, hatte sie entschieden, dass der heutige Tag entscheidend sein könnte. Sie hatten schon eine Spur, und sie wollte so schnell wie möglich weitere finden. Dazu brauchte sie ihre Akten. Seit 6.30 Uhr saß sie also in Düsseldorf im Büro, und in den drei Stunden, die seither vergangen waren, hatte sie sich nur im Kreis gedreht. Es waren immer wieder die gleichen Namen, die ihr als mögliche »Rächer« in den Sinn kamen. Ganz kurz dachte sie, dass sie vielleicht etwas Neues hatte. Doch auch das hatte sich als Nullnummer herausgestellt:

Ein Mann namens Reckel, der mit seiner Tochter im Stadion gewesen war, stellte sich als enger Bekannter Thomas von Haehlings heraus. Genauer gesagt, war er sein Steuerberater. Da von Haehlings Auto während des Anschlags außerdem ganz in der Nähe von dessen Büro abgestellt blieb, war Reckel seinerzeit vernommen worden. Der Mann hatte sich seinerzeit vollkommen ahnungs-

und zudem mehr als harmlos präsentiert. Tamara war dennoch über die Personalie gestolpert, weil man einfach nie wissen konnte. Ein kurzer Blick ins Einwohnermelderegister schaffte jedoch Klarheit. Reckel war mit seiner Familie weggezogen. Nach Mallorca. Olé, hatte Tamara nur gedacht, um sich wieder in ihrer Endlosschleife zu verlieren.

Um 9.45 Uhr, inzwischen waren längst auch alle anderen eingetrudelt (zwischen Paulus und Aurelie war eine merkwürdige Spannung, dachte sie kurz), rief Rosa Wirtz bei ihr an, eine Kollegin aus dem Analysebereich. Am Freitag, auf der Fahrt nach Bayern, hatte Tamara Paulus gebeten, die Daten aller Betroffenen des Kölner Anschlags mit allem abzugleichen, was sie an Daten aus den aktuellen Morden in die Finger bekommen hatten. Das hatte zwar etwas gedauert. Doch jetzt gab es einen Treffer, wie Rosa ihr mitteilte.

»Wollen Sie sich das mal ansehen?«, fragte sie.

»Klar, wo soll ich hinkommen?« Tamara war irritiert. Siezte man sich hier? Egal, Hauptsache, es gab endlich mal etwas, womit sie arbeiten könnte. Sie ging in das zwei Stockwerke tiefer gelegene Büro von Rosa Wirtz, die hinter einer Armee von Bildschirmen saß und sie anstrahlte, als sie hereinkam.

»Das BKA hatte ich noch nie im Büro, wie cool.« Rosa war ziemlich jung, Tamara schätzte sie auf kaum älter als 20. Kein Wunder, dass sie noch nicht viel erlebt hatte.

»Haha, ja, ich arbeite für gewöhnlich auch nur in Meckenheim. Wenn nicht gerade schwertschwingende Irre unterwegs sind.«

Rosa schmunzelte. »Okay, hier ist der Treffer. Sehen Sie?« Sie wies auf einen der vier Bildschirme, die in Reihe auf ihrem Schreibtisch standen. Er zeigte irgendein Programm, das ihr nichts sagte, und eine Menge Daten.

»Erstens, ich bin Tamara, das Sie kannst du dir gern schenken. Und zweitens, sorry, ich erkenne da absolut gar nichts.«

Diesmal lachte Rosa auf. »Tut mir leid, ich bin noch nicht so lange hier. Ich bin Rosa, freut mich, dich kennenzulernen. Aber hier, schau mal.« Sie fuhr mit dem Finger zum Bildschirm und blieb bei einer Nummer stehen. »Siehst du? Diese Handynummer hier ist ein Treffer. Wir haben sie aus den Funkzellendaten der Nacht, in der der erste Mord begangen wurde, an diesem Schrottplatztypen.«

»Schüttler, ja. Und womit hat die Nummer getroffen?«

»Das siehst du hier.« Sie scrollte nach rechts und wies auf dieselbe Nummer. »Die Nummer stammt aus den Betroffenendaten im von Haehling-Anschlag. Und da ich das Ganze schon aufbereitet habe, voila!« Rosa rollte auf ihrem Stuhl nach rechts zu ihrem äußersten Bildschirm und lieferte ihr den passenden Namen zur Handynummer.

Tamara stockte der Atem. »Das gibt's doch nicht!«, hauchte sie.

»Oh Mann. Ist das ein guter Treffer? Hab' ich jetzt echt was Wichtiges rausgefunden? Hammer, wie geil! Meeegaa! Los, erzähl schon, wer ist der Typ?« Rosa war so aufgeregt wie ein Kleinkind beim ersten Bällebad. Einerseits mochte Tamara diese ehrliche Freude, andererseits war die Lage zu ernst und diese Spur zu bedeutend, um sich mit langen Erklärungen aufhalten zu können.

»Keine Zeit, sorry. Aber schick das bitte sofort an Martin Paulus hoch, okay? Alles!« Sie sprang auf und machte sich auf den Weg zur Tür. »Und Rosa: super Job! Das hier ist echt Gold wert!« Tamara lief nicht aus dem Büro. Sie rannte.

Oben angekommen, fand sie erst mal niemanden. Dann hörte sie Stimmen aus dem Besprechungsraum. Dort mussten sie sein. Tamara stürzte förmlich hinein, ihr Herz klopfte, ihr Atem ging schwer.

»Tamara, wir haben was!« Aurelies Gesichtsausdruck hatte beinahe Ähnlichkeit mit dem von Rosa vorhin. Tamara musste unwillkürlich grinsen.

»Da bin ich gespannt. Aber ich wette, es ist nicht so gut wie das, was ich habe!«, presste sie hektisch atmend hervor. Martin, der an einem Whiteboard stand, setzte zum Sprechen an.

»Also, noch mal ganz kurz für dich, Tamara. Übrigens für alle, die sie noch nicht kennen: Das ist Tamara Foster vom BKA, sie ist für uns in Amtshilfe tätig und unterstützt uns vor allem durch ihr Wissen aus den Anschlagsermittlungen 2016.« Es folgte allgemeines Zunicken in Richtung Tamara.

»Also, der Betreiber des Fahrradgeschäfts in Dinslaken, in dem das Rad gekauft wurde, von dem wir derzeit davon ausgehen, dass es unser Täter verwendet, hat uns einen Namen geliefert. Allerdings kennt er nur den Nachnamen des Käufers. Mit dem haben wir aber schon mal einen Anfang. Und Tamara«, Paulus sah sie fragend an, »ich meine mich zu erinnern, dass du den Namen auch schon mal erwähnt hattest.« Tamaras Herz drohte auszusetzen. Das war nicht möglich, oder?

»Wenn du jetzt Zanner sagst, haben wir den Jackpot!«, warf sie ihm entgegen, halb erwartungsfroh, halb in Sorge, dass es doch ein anderer Name sein würde. Die Sorge war unbegründet. Und Martin machte seinem Ruf als Spitzenermittler alle Ehre. Denn er grübelte nicht lange, nickte und stellte die einzig relevante Frage:

»Und wieso genau kommst du sofort auf diesen Namen?«

Tamara erzählte in aller Kürze, was die Analyse herausgefunden hatte. Paulus brauchte anschließend keine zwei Minuten, um alle, die zugehört hatten, mit Aufträgen zuzuschütten. Die sich allesamt um den Mann drehten, der ihr Täter sein musste: Patrick Zanner!

KAPITEL 12

Montag, 31.08.2020

Es regnete in Strömen. Aury blickte aus dem Fenster, ein Glas Weißwein in der Hand. Wie in jeder ruhigen Minute, seit ihr klar geworden war, dass »Man lässt sich nicht mit einem verheirateten Mann ein«-Prinzipien nichts taugen, wenn man den verheirateten Mann trifft, mit dem man sich einlassen muss, hing sie ihren Gedanken nach und blendete ihr Leben aus. So gut es eben ging. Sidekick hatte sich neben ihr ausgestreckt und schmatzte ab und an zufrieden vor sich hin.

Lars saß auf dem Sofa und sah sich einen Film an, den sein bester Freund ihm empfohlen hatte. The Crow, irgendein Rachestreifen aus den 90ern, mit ziemlich düsterem Wetter und noch finstererem Soundtrack. Wobei ihr der letztere gefiel. Der Film an sich hatte sie nicht wirklich in seinen Bann gezogen. Was Lars, wie so oft, nicht verstehen konnte.

Wehmut überkam sie. Er war kein schlechter Kerl, aber sie musste nicht einmal besonders ehrlich zu sich sein, um zu wissen, dass ihre Beziehung vorbei war. Sie war es gewesen, schon bevor sie Martin getroffen hatte. Und sie hätte es gewesen sein sollen, schon seit sie ein paar Monate lang zusammen gewesen waren. Wie falsch konnten die Gründe sein, eine Beziehung zu führen? Wie sehr konnte man sich selbst, seine Gefühle, seine Meinungen hintanstellen? So wollte sie nicht mehr sein. Martin hatte ihr gezeigt, dass es andere Welten gab. Welten wie die, an die sie neulich Nacht gedacht hatte. Der Nacht, die sie ausgeschlossen hatte, um sich einen Schutzschild zu schaffen – der zu Staub zerfallen war, als sie ihre Lippen zum ersten Mal auf seine presste.

Es klingelte. Es war Martin. Sie meldete sich betont geschäftsmäßig. Nur ja keinen Verdacht aufkommen lassen, dachte sie bei sich.

»Aury, hey«, begann Martin, »ich wollte dir nur sagen: Wir haben ihn. Das MEK ist dran. Ich dachte mir, du würdest das ebenso gern wissen wie ich. Damit du in Ruhe schlafen kannst. Jetzt kann der Bastard jedenfalls niemanden mehr umbringen.« Sie hatte das Gefühl, das ihm beinahe die Tränen gekommen wären, als er den letzten Satz ausgesprochen hatte. Wie gut es ihm tun musste, das sagen zu können, konnte auch sie nur erahnen.

Sie waren mit ihren Ermittlungen heute sehr erfolgreich gewesen. Martin Zanner lebte noch immer in Holzheim, im selben Haus, das er mit seiner Familie bewohnt hatte, als diese noch am Leben war. Die Adresse lag nah genug an Grevenbroich, um den Handytreffer am Nachmittag vor dem Schüttler- Mord mit einem Zufall erklären zu können. Doch es konnte kein Zufall mehr sein, dass dieses unverkennbare Fahrrad einem Zanner gehörte. Auch wenn der Typ aus dem Fachgeschäft den Besitzer älter geschätzt hatte, auf etwa 60 sogar. Martin Zanner war jetzt 44 Jahre alt. Doch wer wusste schon, wie der Verlust der gesamten Familie sich auf den Alterungsprozess eines Menschen auswirkte? Zanner konnte heute deutlich älter wirken, als er war.

Also hatten sie Zanners Personalien gründlich überprüft. Mit den zur Verfügung stehenden Mitteln wühlten sie sich außerdem durch die Geschichte des Mannes. Wo hatte er gelebt, wann hatte er dort gelebt und mit wem, welche Autos hatte er gefahren, wo hatte er gearbeitet, das volle Besteck eben.

Solche Ermittlungen brauchten Zeit. Aber sie hatten inzwischen eine kleine Armee an Kräften, die in der Soko mitarbeiteten. Das hatte gereicht, um neben vielen weiteren, recht unwichtigen Informationen den aus ihrer Sicht finalen Hinweis zu bekommen: Martin Zanner hatte als Freiwilliger 13 Jahre lang bei der Bundeswehr gedient. Und nicht nur das: Laut ihren Informationen vom Militär hatte er dort mehrere Spezialausbildungen erhalten. Er war zuerst bei den Gebirgsjägern gewesen, später beim Kommando Spezialkräfte. Man benötigte nicht allzu viel Fantasie, sich einen Mann mit diesem Hintergrund mit einem Schwert in der Hand vorzustellen.

Schade war, dass sie trotz der immensen Menge an Daten, die sie inzwischen aus Schwertschmieden und Waffenläden im ganzen Land zusammengetragen hatten, nicht den kleinsten Treffer darunter hatten. Aber darauf kam es zum Glück nicht mehr an. Alles andere hatte ausgereicht, um die nötigen Beschlüsse zu beantragen. Zanners Telefon wurde bereits überwacht, als sie noch im Büro gewesen war. Und jetzt hatten sie ihn endlich auch unter Kontrolle des MEK. Aury war erleichtert.

»Danke für die Info, Martin. Damit kann ich tatsächlich besser schlafen. Also, wir sehen uns morgen früh. Schönen Feierabend dir!« Puh, dachte sie, es kostet wirklich Mühe, diesen Kollegenton herauszuwürgen, wenn alles in einem nach Zärtlichkeit schreit.

»Danke, dir auch. Gute Nacht, Aury. Du fehlst mir.«

Sie legte auf. Martin hatte seltsam gelungen (sie selbst hoffentlich nicht). Irgendwie, als würden seine Worte nur quälend aus ihm herauskommen. Als wüsste er nicht genau, was er eigentlich sagen wollte. Und, nun ja, »Du fehlst mir« war jetzt auch nicht der Klassiker in ihrer Situation. Doch ihr blieb keine Zeit, allzu lange darüber nachzudenken, was das bedeuten mochte. Lars sah sie nämlich fragend an.

»Die Arbeit?«

»Ja. Du weißt ja, dass wir diesen Mörder suchen.«

»Den Highlander, klar!« Lars grinste breit.

»So lustig finde ich das nicht, Lars. Sorry, aber der Mann hat sechs Menschen umgebracht, drei davon waren Kollegen. Mir ist da wirklich nicht nach bescheuerten Spitznamen zumute.«

»Tut mir leid, Süße. Aber komm bitte runter, ich hab' das nicht böse gemeint. Was ist denn jetzt mit dem Typen?«

Er hatte recht, er konnte nichts dafür. Er war, wer er war. Und was er war. Und das war, wie sie schmerzlich spürte, nicht, was sie brauchte. Sie seufzte.

»Wir sind an ihm dran. Und verhindern hoffentlich, dass er noch weitere Menschen umbringt. Aber ich muss über was anderes mit dir reden, Lars.«

»Oh, oh. Das klingt ernst. Was Schlimmes?«

Beinahe hätte er Aury leidgetan. Doch was hätte das geholfen? Sie waren beide jung, und er würde mit Sicherheit nicht lange allein bleiben. Nein, wenn sie einen sauberen Cut machen wollte, dann gab es keinen Grund, ihn unnötig aufzuschieben.

»Das kommt darauf an, Lars. Es geht um uns.« Das Gespräch, das folgte, tat weh. Doch es befreite sie. Beide!

KAPITEL 13

Dienstag, 01.09.2020

Niessen hatte geschlafen wie ein Stein. Was angesichts seiner Lage ein beachtliches Wunder war. Er schwebte in Lebensgefahr. Daran hatte Martin Paulus keinen Zweifel gelassen, mit dem er gestern Abend noch telefoniert hatte.

Torbens Tod hatte ihn getroffen. Die beiden waren sich zwar nie so nahgekommen, dass man es eine Freundschaft hätte nennen können. Doch das, was sie gemeinsam durchgemacht hatten, ihre gemeinsame Geschichte mit von Haehling und deren Folgen hatten auch mehr aus ihnen gemacht als bloße Bekannte. Sie hatten den einen oder anderen Abend miteinander verbracht, schon während die Verfahren noch liefen. Torben konnte ihm wertvolle Ratschläge für sein Buch geben, wenn er bei den polizeilichen Aspekten nicht weitergekommen war. Und jedes Mal, wenn beide sich trafen, war es einfach schön gewesen. Stimmig. Rund! Wer weiß, vielleicht wären sie am Ende echte Freunde geworden. Seit Torben nicht mehr aktiv im Dienst war, hatte er sich noch offener gezeigt. Das naturgemäß völlige No-Go »Polizist und (Ex-)Reporter« hatte nicht mehr zwischen ihnen gestanden. Hätte, hätte, Fahrradkette, dachte Niessen. Torben ist tot. Und irgendjemand ist da draußen, der, im wahrsten Sinne des Wortes, auch meinen Kopf will.

Von Haehling war wahnsinnig gewesen. Dieser Typ hier war einfach nur eiskalt und berechnend. Und ja, Niessen glaubte ebenfalls fest daran, dass es um Rache ging. Die vier bisherigen Opfer waren nicht zufällig ausgewählt worden. Konnten sie gar nicht. Sie hatten alle mit von Haehling zu tun, und sie alle waren, jedenfalls in der Öffentlichkeit, alle ein Stückweit dafür verantwortlich gemacht worden, dass von Haehling tun konnte, was er getan hatte. Die beiden Polizisten, die Torbens Haus bewachen sollten, hatten einfach nur das Pech gehabt, dass sie da waren. Das stand für Niessen ebenso fest wie die Tatsache, dass der Mörder auch über jede weitere zusätzliche Leiche gehen würde, um sein eigentliches Ziel zu erreichen.

Was für eine Story für ein Buch, dachte Niessen nicht zum ersten Mal. Wäre er nicht – schon wieder! – eine der Hauptfiguren gewesen. Die dieses Mal zu allem Überfluss nur kurz auftauchten, um dann kopflos in der Gegend zu liegen … Sein Trost bestand darin, dass man offensichtlich bereits jemandem auf der Spur war. Paulus war so wortkarg gewesen, wie man es von einem Profi erwarten durfte. Aber zumindest das hatte er ihm gesagt. Um ihn zu beruhigen. Warum Polizisten immer dachten, Menschen beruhigen zu können, wenn sie ihnen mehr verschwiegen als erzählten, würde er nie begreifen. Doch er verstand zumindest genug von diesem Menschenschlag, um es Paulus nicht vorzuwerfen. Er wusste es nicht besser und er meinte es gut. Wirklich beruhigt hatte er ihn allerdings nicht.

Niessen hatte daher all das getan, was möglich war, um sich unauffindbar zu machen. Ulrikes Einladung folgend, hatte er sich vorübergehend bei ihr einquartiert. Als sie Samstagnacht in ihrer Wohnung ankamen, hatte zwar keinem von ihnen mehr der Sinn nach heißem Mattengerangel gestanden. Doch sie waren gemeinsam eingeschlafen, in ihrem – übrigens schrecklich gemütlichen – Wasserbett, über das er zunächst noch gespottet hatte. Bereits am Sonntagmorgen waren sie allerdings übereinander hergefallen wie zwei hungrige Löwenbabys. Und ob es nun die Mischung aus latenter Todesangst und dem Gefühl neu erwachender Jugend war oder ihre wilde Entschlossenheit, ihm klarzumachen, dass Sex im fortgeschrittenen Alter nur besser wird: Es war einfach unbeschreiblich! Sie hatten geschlagene drei Stunden im Bett verbracht und waren erst aufgestanden, als Niessen ihr zu verstehen gab, dass er jetzt entweder ein Frühstück brauchte – oder ein Sauerstoffzelt.

Und auch die beiden Tage, die folgten, waren mit die besten seines Lebens gewesen. Alles zwischen ihnen war so einfach, so selbstverständlich, so unkompliziert. Sie nahm ihn, wie er war, und ihr gefiel, wie er war. Ihm ging es ganz genauso. Zwar begleitete ihn ein Rest von Zweifeln (eine Erblast seiner verschwendeten »Claire-Jahre«), doch der schien von Stunde zu Stunde weiter zu verblassen. Das alles wäre ihm fast schon zu perfekt vorgekommen, wäre da nicht die Angst gewesen. Wer wusste schon, ob dieser Mörder ihn nicht doch aufspüren könnte? Die Polizei hatte es schließlich auch geschafft.

Niessen hatte sein Mobiltelefon noch am Samstagabend ausgeschaltet und zur Sicherheit die Karte entfernt. Von Ulrikes Handy aus hatte er sich sowohl bei der Polizei in

Ahrweiler als auch bei den Düsseldorfern gemeldet, damit sie Bescheid wussten und ihn erreichen könnten. Doch was, wenn seine Spur bis hierher noch verfolgt werden könnte? Die Stadt war klein, und er konnte sich nicht ewig nur in ihrer Wohnung aufhalten. Draußen allerdings war es, der Corona-Lage geschuldet, noch immer recht leer. Ein unschönes Dilemma. Niessen konnte also nur hoffen, dass sie den Typen schnell finden würden. So, wie sein Leben gerade verlief, wollte er alles – aber ganz bestimmt nicht sterben!

KAPITEL 14

Dienstag, 01.09.2020

Sie hatten ihn! Tamara war im Jagdfieber. Gab es Schöneres im Leben einer Kriminalpolizistin, als zu wissen, dass man kurz davorstand, jemanden festzunehmen? Für Tamara nicht! Zumal es in ihrem dienstlichen Leben stets um Menschen gegangen war, deren Festnahme nicht nur Gerechtigkeit war – sondern auch Genugtuung. Zanner war kein Warlord, kein Kriegsverbrecher. Aber ein brutaler Mörder. Noch dazu jemand, der skrupellos selbst Polizeibeamte ermordete. Sie konnte es kaum noch erwarten, diesem Mann gegenüberzustehen und ihm klarzumachen, dass er für den Rest seines Lebens in einer Zelle langsam verrotten würde.

Die Einsatzleitung war mit den wichtigsten Leuten im Lageraum zusammengekommen. Die Kräfte, die Zanner observierten, hatten klare Befehle: Sie sollten ihn beobachten und feststellen, wo er sich aufhielt. Mit wem er sich vielleicht traf. Und ob es ihn in die Nähe eines der Tatorte verschlagen würde, geschweige denn von Niessens Wohnung. Falls Zanner sein Haus mit einer auffälligen Sporttasche verlassen würde, müssten sie sich entscheiden, ob sie ihn festnehmen oder weiter beobachten ließen. Doch spätestens in dem Fall, dass Zanner sich absetzen und in Richtung Rheinland-Pfalz fahren würde, hatten sie keine

Wahl. Das SEK in Mainz war informiert und stand bereit. Zanner würde keine Chance bekommen, auch nur in Niessens Nähe zu gelangen, ohne dass die Handfesseln klickten.

Vorerst allerdings schien alles ruhig. Das Observationsteam hatte ihn aufgenommen, als er gegen 7.30 Uhr das Haus verlassen hatte, und war ihm gefolgt. Schon das war nicht besonders leicht gewesen, da er sein Fahrrad genommen hatte. Damit fuhr er Richtung Neuss Innenstadt. In der Nähe des dortigen Landestheaters hatte er mitsamt dem Rad ein Geschäft betreten und kam kurz darauf zu Fuß wieder heraus. Um anschließend in die Straßenbahn einzusteigen und bis weit nach Düsseldorf hineinzufahren. Dort, am Firmensitz des Konzerns, dessen Sicherheitschef er war, stieg er aus und ging zur Arbeit.

Seither bemühten sich die Kräfte zusehends darum, nicht aufzufallen und dabei gleichzeitig festzustellen, wie viele Ausgänge der gewaltige, aus mehreren Gebäuden bestehende Komplex eigentlich hatte. Es waren zu viele, so viel stand fest. Sie konnten nur hoffen, dass Zanner seine Arbeitsstätte auf demselben Weg verlassen würde, auf dem er sie betreten hatte: durch den Haupteingang. Und es hieß, mal wieder: warten!

KAPITEL 15

Dienstagabend, 01.09.2020

»Ich habe es schon einmal gesagt. Und ich sage es auch Ihnen gern noch einmal zum Mitschreiben: Sie! Haben! Den! Falschen!«

Patrick entspannte sich. Es mochte ja sein, dass diese BKA-Tante gut war. Und er musste zugeben, dass die Bullen ihre Hausaufgaben gemacht hatten. Aber es blieb dabei: Sie konnten ihm nichts. Sein Anwalt würde bald hier sein. Dann würde er den Spaß beenden und nach Hause fahren.

»Was hatten Sie bei Niessens Wohnung zu suchen?«, fragte Paulus. Patrick hatte nach der Arbeit tatsächlich nachsehen wollen, ob der alte Schmierlappen endlich zu Hause war. Das gesamte Wochenende über keine Spur von ihm. Das war seltsam. Er verließ ohnehin selten die Wohnung, man konnte faktisch die Uhr danach stellen, wann die Lichter an- und ausgingen. Doch an den letzten Tagen: nichts, nada! Hatten sie ihn gewarnt? Ihn weggebracht? Nein, das war unwahrscheinlich. Andererseits nicht unmöglich. Wenn sie davon überzeugt waren, dass Niessen sterben sollte. Und wenn Niessen freiwillig mitkäme. Wohin auch immer. Das wäre scheiße, erst mal. Aber auf lange Sicht auch kein Hindernis.

»Was meinen Sie?«, fragte er in Paulus' Richtung.

»Ich bitte Sie, Herr Zanner! Sie sind nach der Arbeit nicht nach Hause gefahren, sondern geradewegs zur Anschrift von Rolf Günther Niessen; dem Mann, der dieses Buch hier geschrieben hat.« Paulus warf das bekritzelte Buch ziemlich unsanft vor ihm auf den Tisch. »Unsere Kräfte haben eine halbe Stunde lang beobachtet, wie Sie hin und her laufen und immer wieder seine Fenster anstarren. Wollen Sie mir jetzt etwa sagen, dass Sie ein Groupie sind?«

Gute Idee eigentlich. Danke, dachte Patrick. »Sie haben mich! Ja. Ich stehe auf den Mann. Ich kann es nicht verhindern, er hat mich magisch in seinen literarischen Bann gezogen.« Patrick lächelte verträumt, um seinen Worten Nachdruck zu verleihen. Der große Böse wurde richtig sauer, wie er mit diebischer Freude bemerkte. »Nein, Spaß«, warf er schnell ein und machte eine kurze Pause, um ernst zu werden. »Kommen Sie, was soll das? Ich habe absolut keine Ahnung, wo dieser Niessen wohnt, und ich mache nach der Arbeit ab und an kleine Spaziergänge, wenn ich den ganzen Tag rumgesessen habe. Was wollen Sie von mir?«

Patrick spürte, dass den dreien langsam die Ideen ausgingen. Sie hatten gepokert. Gar nicht schlecht, ja. Aber zu hoch. Ihn ärgerte, dass er nicht mitbekommen hatte, observiert worden zu sein. Seinen Respekt für das MEK. Aber wer immer hier das Sagen hatte, hatte einen Fehler gemacht. Und entschieden, ihn festzunehmen statt weiterzumachen. Mehr Glück konnte er gar nicht haben. Hätten sie ein bisschen mehr Geduld gehabt – wer weiß. So aber hatten sie rein gar nichts. Sie hatten schlicht und ergreifend das Wasser nicht halten können. Ein Klassiker bei der Polizei.

»Sie wollen ernsthaft behaupten, es sei Zufall, dass wir Sie vor Niessens Anschrift festnehmen konnten? Das alles wäre nur Zufall?« Paulus wirkte noch immer gelassen und souverän. Doch, er mochte den Mann. Man konnte schlechter verlieren als er.

»Das Leben ist voller Zufälle. Das wissen Sie, das weiß ich. Und heute hat der Zufall gewollt, dass Sie sich auf einen Mann fixiert haben, der seine Familie verloren hat. Und sich danach ein Buch gekauft hat. Großartig! Herzlichen Glückwunsch, Herr Paulus.« Er klatschte dreimal langsam in die Hände.

»Boah, was für ein Arschloch«, entfuhr es dem Großen.

»Könnten Sie dem jungen Mann bitte sagen, er soll sich mäßigen? Dass ich hier bin, ist schlimm genug, ich muss mich hier nicht noch beleidigen lassen.« Patrick musste beinahe selbst über seine gespielte Empörung lachen. Die könnte sogar wirken.

»Ramon, komm runter«, sagte Paulus in der Tat sehr deutlich. Auch wenn Patrick das Gefühl hatte, dass er innerlich noch schlimmere Worte für ihn selbst parat gehabt hätte, die er herausschreien wollte.

»Das hier hat so keinen Sinn«, sagte Paulus jedoch stattdessen. »Sie müssen sich nicht beleidigen lassen. Wir uns aber auch nicht provozieren. Beides führt zu nichts. Wir warten jetzt auf Ihren Anwalt, und Sie überlegen sich gut, ob Sie eine Aussage machen möchten. Ich darf Ihnen versichern, dass wir mehr haben als ein Buch, Herr Zanner. Und noch was darf ich Ihnen sagen«, er beugte sich über den Tisch und kam Patrick fast so nah, dass man es bedrohlich hätte nennen können, »Sie sind nicht der Schlaueste im Raum!«

Damit drehte er sich um und ging aus dem Zimmer.

»Da ist aber einer gereizt«, meinte Patrick lakonisch. Der Große, den Paulus »Ramon« genannt hatte, stieß ein verächtliches Schnauben aus und sah die BKA- Kollegin an.

»Kommst du kurz allein klar, Tamara? Ich muss hier auch raus!«, sagte er zu ihr.

Die BKA-Frau nickte. Und auch Ramon ging. Jetzt wurde es spannend. Patrick sah sie an. Womit würde sie kommen?

Mit gar nichts. Minutenlang stand sie da, sah ihn an und sagte kein Wort. Damit hatte er nicht gerechnet. Es beunruhigte ihn. Weit mehr, als jedes Wort von ihr ihn hätte beunruhigen können. Irgendwann brach sie ihr Schweigen dann aber doch. Sie kam zum Tisch, setzte sich ihm gegenüber und begann, ganz ruhig und freundlich auf ihn einzureden. Ja, beinahe zärtlich. Er wusste allerdings nicht, ob ihm das gefallen sollte.

»Sie wissen, dass wir Ihnen nichts anhaben können. Ich kenne Typen wie Sie, Herr Zanner. Schlimmere, glauben Sie mir. Und ich weiß viel mehr über Sie, als Ihnen lieb sein kann. Wenn Ihr Anwalt hier ist, kommen Sie mit irgendetwas um die Ecke, was Sie hier rausbringt. Und Sie werden grinsen.« Sie machte eine Pause.

»Ich weiß noch nicht, womit genau Sie kommen werden. Aber so wird es laufen. Und am Ende bleiben wir hier, zerbrechen uns die Köpfe darüber, was wir wohl falsch gemacht haben, und wissen doch ganz genau: Sie waren nicht der Falsche, Herr Zanner! Sie waren und Sie sind der Richtige. Wir können es Ihnen nur nicht beweisen. Wir haben das Schwert nicht gefunden, das ist ein Jammer. Und alles, was wir bis jetzt haben, wird nicht reichen. Aber bevor Sie gleich gehen, will ich, dass Sie eines wissen: Am Ende kriegen wir Sie doch!

Wir kriegen sie immer. Alle! Denn egal, für wie gut man sich hält, man macht Fehler. Jeder macht sie. Wir. Und Sie auch. Und ich freue mich schon darauf, diese Fehler zu finden, Herr Zanner. Ich verstehe Sie. Ich verstehe die Trauer, die Sie verspüren müssen. Auch heute noch. Und für immer. Ich verstehe auch, dass Sie sich rächen wollen. Dass Sie Verantwortliche suchen. Aber Sie sind es, der die Falschen hatte, Herr Zanner! Sie haben unschuldige Menschen getötet. Und zwei völlig Unbeteiligte noch dazu. Der Mann aber, der für den Tod Ihrer Familie verantwortlich ist, lebt. Es ist nicht viel von ihm übrig. Aber er lebt. Und niemand außer ihm ist schuld am Tod Ihrer Familie! Welchen Sinn hatte das also alles? Fühlen Sie sich besser? Hat Ihnen das Ihre Familie zurückgebracht? Oder Ihren Schmerz genommen? Nein! Das hat es nicht.«

Sie machte eine Pause. Patrick riss sich zusammen, so gut er konnte. Er durfte nicht weinen. Nicht hier. Nicht vor ihr. Aber verflucht, es war schwer.

»Alles, was Sie gewonnen haben, wenn Sie nachher hier rausmarschieren, ist ein kurzer Triumph. Eine weiterhin gähnende Leere in Ihnen, wo einmal Ihre Familie war. Und das sichere Wissen, dass wir Sie kriegen werden. Also, Herr Zanner: Verspotten Sie uns. Machen Sie sich lustig. Provozieren Sie. Und genießen Sie Ihre Zeit in Freiheit.

Aber so wahr ich hier sitze: Wir kriegen Sie! Und dann haben Sie gar nichts mehr.«

Sie stand auf und stellte sich wieder an ihren vorherigen Platz. Starrte ihn weiter seelenruhig an, als hätte sie nicht ein Wort gesagt. Patrick war froh, als kurz darauf die Tür aufging und Paulus hereintrat.

»Ihr Anwalt ist da, Herr Zanner!«

40 Minuten später verließ Patrick Zanner das PP Düsseldorf als freier Mann. Er hatte ein Alibi. Wasserdicht. Für jeden einzelnen der Morde. Doch in einem hatte Tamara sich geirrt. Zanner grinste nicht, als er hinausging.

EPILOG

Dienstagabend, 01.09.2020

Der Frust saß tief.

Sie waren so nah dran gewesen. Paulus wusste es. Aber am Ende nicht nah genug. Wie auch immer Zanner das gemacht hatte: Seine Alibis waren bombensicher. Bei zwei der Morde war er nachweislich Hunderte Kilometer weit weg gewesen. In der Nacht etwa, in der Toni Schüttler ermordet wurde, saß Zanner mit drei seiner Kollegen bis 2 Uhr morgens in einer Münchner Bar und ließ sich volllaufen. Es war zum Heulen!

Als Zanner das Präsidium verlassen hatte, war ein immenser Druck von Paulus abgefallen. Nur ganz kurz. Aber es war heftig. Er hatte eine Müdigkeit gespürt, wie er sie nie zuvor erlebt hatte. Alles in ihm war leer, matt, schlaff. Er wollte nur noch schlafen. Alles andere könnte warten. Müsste warten. Doch jetzt, hier, als er vor seiner Haustüre stand, war ihm bewusst, dass nicht alles warten könnte.

Denn Nathalie war dort drin. Und auch sie wartete. Ebenso wie ihr Sohn, der sicher schon längst schlief. Was hatte er getan? Sein Herz hatte ihm einen Streich gespielt. Er wusste es. Mit unerschütterlicher Sicherheit. Er liebte Aury nicht. Er war verliebt, ja. Er wurde von ihr angezogen, und wie. Und er war verrückt nach ihr. Doch es war keine Liebe. Es war der Moment gewesen. Nur der Moment. Und so gern er sich an diesen auch erinnern würde, so heiß es auch in ihm aufwallte, wenn er an die Stunden mit Aury dachte: Die letzten Stunden hatten ihn endgültig ernüchtert. Wenn man einen seelischen Kater haben konnte, hätte er die Mutter aller Hangover.

Was er jetzt wollte, waren keine Momente. Kein heißes Aufwallen, keine Verrücktheit, keine wilde Leidenschaft. Er wollte Geborgenheit. Sicherheit. Ein Zuhause. Menschen, die in ihm lesen konnten wie in einem Buch, und die verstehen würden, was in ihm vorging. Wortlos. Mit einem Blick allein. Er brauchte Halt. Eine Umarmung. Trost. Warmherzigkeit. Kurzum, er brauchte alles, was er schon längst hatte. Und was er bereit gewesen war, aufs Spiel zu setzen für das Neue, das Unbekannte, das vermeintlich Bessere. Er war ein solcher Idiot gewesen.

Paulus weinte. Hemmungslos. Er brach schluchzend auf der Treppe zusammen. Versuchte, sich zusammenzureißen, doch er hatte keine Chance. Es quoll aus ihm heraus. Alles. Und das war viel zu viel. Die Schuld, der Verlust, die Trauer, die Scham, die Angst vor dem, was kommen würde. Er konnte nicht mehr. Die Tür ging auf. Nathalie stand da. Sie sah ihn an, ohne ein Wort zu sagen. Ernst. Und doch voller Zuneigung. Noch. Sie nahm ihn bei der Hand und brachte ihn ins Wohnzimmer. Wo sie ihn umarmte und solange wartete, bis er sich endlich gefangen hatte. Nein, dachte Paulus sich. Diese Frau verdient keine weiteren Lügen. Keine Ausreden. Keine zaghaften Entschuldigungen. Was sie verdiente, war schonungslose

Offenheit. Und die würde er ihr bieten, komme danach, was wolle. Er sah sie an. Spürte, dass sie es wusste. Und wusste, dass sie es spürte. Vielleicht, dachte er sich kurz, spüren sie es ja immer. Er nahm einen tiefen Atemzug und wappnete sich gegen den Schmerz, der folgen würde.

»Das hier wird wehtun«, sagte er.

Dann kamen auch ihr die Tränen.

EPILOG II

Ich könnte über das Leben mehr erzählen.

Würde aber niemanden interessieren.

Jetzt wisst ihr, warum ich diese Menschen umgebracht habe.

Ich hatte meine Gründe.

Gute Gründe.

Vier gute Gründe.

Meine Tochter.

Meine Enkelinnen.

Meine Sonne.

Mein Leben!

Vier habe ich schon.

Den fünften hole ich mir auch noch!

EPILOG III

Samstag, 19. Juni 2021

»Hi, Dad.«

Kyra war klar, dass ihr Vater sie nicht hören konnte. Tom von Haehling lag friedlich in seinem Bett und schlief. Wie man hätte denken können. Doch er schlief nicht. Er lag im Koma. Ob er jemals wieder aufwachen würde, wusste niemand. Und falls doch, was würde er dann sein? Ein Schatten seiner selbst vermutlich, mit bleibenden Hirnschäden, die ihm ein eigenes Leben für immer unmöglich machten.

Sie hatte ihn gefunden. Es hatte eine Weile gedauert, denn sie hatte ja schlecht zur Polizei spazieren und fragen können: »Hey, Leute, wo habt ihr denn meinen Vater untergebracht?« Und auch wenn ihr klar war, dass er nicht im Gefängnis sein konnte, wenn er nicht einmal bei Bewusstsein war, seit seine Frau ihn niedergeschossen hatte: Es war verdammt schwer herauszufinden, was die deutsche Justiz mit derartigen Fällen überhaupt machte. Das Internet hatte Kyra nicht mal ansatzweise weitergeholfen. Auch die Eltern der Frau seines Vaters, Isabelle, waren nicht sonderlich glücklich gewesen, als sie bei ihnen auftauchte und Fragen nach ihrer Tochter stellte, von der sie sich Antworten versprach. Die eher unsanfte Abfuhr verstand sie erst, nachdem ein Nachbar ihr erklärt hatte, dass Isabelle im vergangenen Jahr ermordet worden war. Und man die Täter offenbar nicht einmal gefunden hatte.

Am Ende blieben also nur ihr Verstand, die Zeit und das Geld, das Tom ihr hinterlassen hatte, um ihn ausfindig zu machen. Und hier war sie nun. Das Krankenhaus hatte sie unbedarft hereingelassen. Für diesmal. Ihr war klar, dass ihr Vater ein besonderer Patient war und vermutlich schon die ersten Nachrichten an die Polizei geschickt wurden, noch während sie hier saß. Doch sie hatten sie zu ihm lassen müssen. Die Vaterschaftsurkunde, die – ebenso wie das Geld und ein paar weitere nützliche Dinge – in dem Schließfach in der Nähe des Kölner Hauptbahnhof auf sie gewartet hatten, zu dem der Schlüssel in Toms Umschlag passte, konnten sie nicht ignorieren. Sie war seine letzte lebende Verwandte. Und damit auch die Letzte, die entscheiden konnte, was mit ihm passieren sollte.

Doch so einfach war es für Kyra nicht. Für sie gab es zwei Möglichkeiten: Ihr Vater würde weiterleben, in der vagen Hoffnung, dass er eines Tages aufwachen und die beste Version dessen sein könnte, wozu er dann noch in der Lage wäre. Doch eigentlich in dem sicheren Wissen, dass er hilflos hier liegen würde, bis sein Körper eines Tages endlich aufgab.

Oder er würde sterben. Und das durch ihre Hand. Wenn er das tat, dann musste es heute sein. Und bald. Kyra öffnete ihre Handtasche, nahm die Spritze heraus und sah ihren Vater traurig an. All die widersprüchlichen Gefühle, die sie für ihn empfand, überwältigten sie und drohten, ihren Kopf zu zerreißen. Eine einzelne Träne rann über ihre Wange. Sie nahm seine Hand. Und küsste sie.

»Ich hätte dich wirklich gebraucht«, hauchte sie. Dann stach sie die Spritze in seine Vene.

Andy Neumann
im Gmeiner-Verlag:

Zehn
ISBN 978-3-8392-2645-2
Vier
ISBN 978-3-8392-0914-1
Es war doch nur Regen!?
ISBN 978-3-8392-2946-0
Vergiss mal nicht!
ISBN 978-3-8392-0251-7

SIMONE HAUSLADEN
Das Münster-Komplott
DER TOD KOMMT NACH DEM KRAMERMAHL
GMEINER